我在部落的族人們

啟明·拉瓦

晨星出版

我們的前途有著一切，
我們的前途什麼也沒有，
大家一直走向天堂，一直走向地獄
總之，那個時代跟這個時代

如此相像。

部落的心情

　　啟明的理解是對的：庶民的生活和平凡的小人物，愈來愈將是未來歷史書寫的主體。資訊革命的重大影響之一，就在於將歷史從權貴的捆綁中解放，把歷史還給平凡人。本書應該是啟明對這樣一個歷史理念的實踐。

　　近百年來部落被各種形式的力量所穿透，空間面貌、社會生活和族人的心情都產生了巨大的變化，原住民愈來愈成為歷史的缺席者。從日本殖民政府的角度來看，配合它對大東亞地區的戰略野心，迅速且確實地掌握台灣事務的各個方面，乃是它統治初期刻不容緩的工作。在這樣的總體目標下，某種具人類學知識形式的田野踏察行動，便熱烈地在原住民的地區展開了，鳥居龍藏、伊能嘉矩、森丑之助、鹿野忠雄、小川尚義等人就是其中的佼佼者。

　　日治時代的田野記錄，將台灣原住民迅速地轉變成人類學報告裡的存在。由於這些報告目的並不在幫助原住民自我瞭解，而是為了殖民帝國行政操控上的方便；因此這些龐大且系統性的資料，不但沒有促成原住民主體性的自覺，相反地，正因為有了這一批報告，日本政府能更有效地執行它同化的政策。田野記錄，將原住民推向失憶的深淵，這實在是一件相當弔詭的事！

　　戰後情況並沒有本質上的改變，山地平地化政策，加上資本主義商業邏輯的深化，部落族人的心情沒有人關

心；族語斷裂，族人也喪失了有力的表達工具。部落的族老在想什麼呢？壯年失業的阿瑪為何在酒杯中跌倒？我們的小米田怎麼變成別人的了？⋯這一切每天發生在原住民身上的事，經人類學家、社會學家的研究，都變成一組一組冷冰冰的概念、理論和政策建議，部落人的心情還是沒有人知道。

在我看來，直到一九八○年代，原住民自己拿起筆來從事文學的勞動，部落的心情才漸漸被傳達了出來。主體說話了，文學像一扇窗，讓部落的心情向外開啟、自我彰顯。文學因而是一種更貼近原住民主體的書寫，捕捉原住民具體、當下又直接的生活世界。

這樣的書寫策略，是啟明近年來有意識的抉擇，他說這是原住民現代生活中的「小人物誌記」。作品裡談的雖是小人物、小故事，卻反應複雜、深刻且全面性的部落心情。尤其值得注意的是：啟明筆下的部落，不是人類學家觀察的部落，也不是一般人原始或異國情調的想像，它和現代交涉、和都會重疊，它是瞬息變遷中的部落⋯。啟明嘗試以文學來寫史，以小人物的遭遇和心情寫的歷史。

孫大川（卑南族）

（國立東華大學民族發展研究所所長）

用文學映現過去與現在

　　任何族群都有其需要面對的問題與隱憂；甚至每個人都有他自己要面對的挑戰和瓶頸。作者在許許多多個族人們的生活中，看見了屬於這個時代的燦爛與頹敗、光明與黑暗。甚至是觀照出自己，以及整個族群所面臨到的抉擇：在傳統、古典與現代化、全球化的十字路口，是否能走出自己的定位和方向？是否能夠保存過去，適應現在？

　　報導文學是一種實踐的文學，也是文學的實踐。透過啓明·拉瓦的眼睛、意識，我看見了書中人物每每不同的詰問以及背後的悲哀，對社會環境的批判：

　　「為什麼你可以帶著電腦來訪問我？我卻找不到工作賺錢來買一部電腦？」〈鋼鐵望樓〉

　　「當代部落深陷於大社會結構中的劣勢位置後，離不離開都是苦澀。」〈瓦旦生病了〉

　　「本以為科技的發展，促使全球化效應，會將部落與城市間的距離拉近，城鄉差距縮小，其實我太天真了！」〈達利上教會〉

　　從大歷史的角度來說，民族文化具有生物性格，需要時間的醞釀與誘發來日漸成熟。台灣原住民的主體文化一直居於邊緣且被動的立場，受到漢人文化及現代文明的衝擊和影響，傳統文化產生斷裂。以致於昔時的原住民文學、神話、傳說迄今沒有發展出多元豐富的文本，這個原

始與文明之間所產生重大缺環，不可忽視。

　　延伸到社會領域，也就是作者所一直思考與矛盾的問題：當今原住民所面臨的是全方位的掙扎與矛盾－在傳統與現代、部落與都市之間。

　　文學是一個民族的靈魂，應該優先被建立起來。隨著八〇年代原住民青年的覺醒運動展開，原住民作家相繼發表作品，創作主題圍繞在社會與族群之間，無疑是用行動來呼應著原運，更是一種對族群主體的自覺與尋求認同之表現。啓明・拉瓦作本書，主題自尊而莊嚴，內容眞摯而深刻，彷彿一面鏡子反射出這個時代下、社會中存在的希望與失落，適合所有族群閱讀。

　　文學應該要能夠反應當下時代的模樣。啓明・拉瓦做到了，你看見了嗎？

　　　　　　　　　　　　　　　　　　路寒袖
　　　　　　　　　　　　　　（台灣日報副總編輯兼藝文中心主任）

原住民現代化的掙扎

　　在一個偶然的機會裡，我讀了趙啓明先生的一篇散文，一部報導文學集，《重返舊部落》，及行將出版的另一部文集《我在部落的族人們》。開始我只是出於好奇，一個久離斯島浪跡海外的「平地」外省人，對具有「山胞」血統的作者必然具有的些許隔閡。但當我細讀每篇文章時，心中卻是感慨不已。一方面我驚嘆三十年來世事的巨變，台灣尤其明顯，使自己成了別人心目中「笑問客從何處來」一樣的人物，多少和斯島斯民已有疏離，也慚愧自己的貢獻太少；可是另一方面，啓明先生把我帶到了一個嶄新的世界，那兒豈只是青山翠谷，碧水浮雲而已。在他的筆下，山上的人樸實謙和，勤勞誠懇，但卻在近年來「現代化」的浪潮中受盡煎熬。土地逐漸喪失，文化的根基被鬆動，平地追求正義的社會運動如環保、醫療之類，有時似乎把他們都忘了。難怪作者會很沉痛地說，山上人所面臨的困境，是政治、經濟、教育等每一方面，都在「傳統」與「現代」之間掙扎。說得更明白一點，現代化對他們而言，是未蒙其利卻先受其害，他們常常都是被犧牲者。

　　啓明先生敏銳的觀察，細緻的描述，並非出自偶然，正如他自己所強調的，他志願成為部落與城市之傳遞訊息與文化的中介人角色，他確實也做到了。正因為他個人的身世背景，加上所具有的社會學和人類學知識，這一角色

他做來眞是得心應手，處處顯現不凡的觀點，也擺脫了人類學領域中民族誌工作所設下的難局：即作者的觀點究竟出自「文化的主位研究」（emic）抑或「文化的客位研究」（etic）？亦即是在既不喪失學者的自我原則之下，如何能充分表達出被研究者的眞實情感，他們對事物的看法，乃至於他們的世界觀。啓明先生在他的著作中確實表現出這種潛力，他做到了。展望未來，正因爲他年富力強，這一園地大有發展餘地，成就當無可限量。

新著出版在即，略書數語，聊表祝賀之意，並以爲序。

謝 劍 甲申冬日於佛光學院

（美國匹茲堡大學人類學博士、佛光大學社會學研究所教授）

原住民現代化的小人物誌記

　　李家同老師曾以文學預言：未來的歷史是以小人物為主角的歷史。霍布斯邦（E.J. Hobsbawm）甚至認為：歷史的小人物「能夠而且已經改變了文化和歷史的樣貌。」

　　庶民生活顯照部落文化；部落文化集成族群文化；社會文化就是族群文化的總和。我不如霍布斯邦那般樂觀，但志願為部落與城市之間傳遞訊息與文化的中介人（Culture broker）角色，有義務寫出這些故事。這些族人牽引並激盪著整個部落文化，每個小人物都是歷史的主角。

　　十多年的部落經驗，我看見當代原住民站在傳統與現代十字路口的徬徨與失序！當嫂嫂柔豹問我「為甚麼你可以拿電腦來訪問我，而我卻無法找到工作來買電腦」這個問題時，我所受到的震撼不亞於賈德‧戴蒙（Jared Diamond）。同時我也體會到黑人亞力提問「為甚麼是白人製造出那麼多貨物，再運來這裡？而我們黑人卻沒搞出過甚麼名堂？」的痛苦與無奈。台灣原住民所面臨現代化的現象與困境，與全球土著的遭遇，竟是如此相像。

　　於是近幾年我開始關心原住民現代化的問題，本書的內容就選擇部落小人物的生活故事為主體，以散文與報導文學的多樣體裁呈現。這些小人物的故事，平淡或非凡、讚揚或貶抑、歡喜或悲傷。鐵木、比令、拉瓦、瓦旦、巴萬、伊萬、烏敏，都是原住民的化身，每個故事的提問、

批判與辛酸，也都在描摹當代原住民所面臨的現象與困境。我未必提出解決的方案，但有著極深的反省在裡面。

　　當今我們所面臨的困境是在政治、經濟、文化、信仰、教育、環保、認同、思想、語言、祭典、醫療、生活習慣、公共政策等全面在「傳統」與「現代」之間的掙扎。起初我曾為反殖民與維護傳統，選擇批判現代主流文化與生活形式對邊緣文化的壓迫涵化而極力抵抗；然後又因不忍與同情，積極鼓吹原住民應順服現代化的潮流而接受現實；最後，卻在不左不右的第三條路中搖擺前進。現在我更在這所謂中間路線裡矛盾與掙扎！當代原住民都該思考我站在親愛國小鋼鐵望樓上眺望未來的憂慮：我們有優良的傳統，但有著適應不良的現在，與堪慮的未來，我們該走向何方？

　　因此，書寫當代原住民面臨現代化的困境不僅有助於減輕我左右搖擺的痛苦，也提供族人與自己深度思考部落未來選擇方向的參考，更希望寫給漢人朋友看，因為「少數民族在大社會中的地位，是由主導族群的價值觀念和結構形成的。」唯有改變主導族群的觀念與價值，才有可能改變少數民族的命運。

　　禿筆下的小人物或許不是那麼非凡，但堅持自己的文學信仰：文學，深入地影響人心，並更長、更久。

啓明‧拉瓦

大塔的望樓，釘穿鯉魚，
挖野失味，蜀沫瑞影虹。　81. 6. 21.

我在部落的族人們

目録
Contents

鋼鐵望樓

冬問──山美鯝魚

多年前的春節假期，與妻到阿里山旅遊。坦白說，冬天的阿里山區實在不能算美，山色黃綠，陰霧瀰漫，冷風蕭瑟，山路雖無春夏的壅塞，卻似盤旋無盡；聞名的櫻花花苞初挺，卻還沒到綻放的勝景。遠程前來，是因為聽說了山美村民護魚的事。

鄒族的山美村人佔盡天時地利，連村名都取得美。十年前，村民自行展開河川生態復育計畫，達娜伊谷就是最成功的例子。達娜依谷，鄒語意思是「忘記憂愁的地方」。除了復育溪流的高山鯝魚，山美人並在溪的兩側沿著等高線，開闢一個環形步道。步道穿梭山林，涼亭、竹橋相間，沿路林相完整，山鳥與溪流鳴和，野趣盎然。

那晚投宿山美友人家，滿天星斗的夜裡，上天賜我一個難忘的美夢：田園山居，倚山的小竹屋就像千千岩助太郎書裡的泰雅傳統木屋，古老簡潔。偌大的庭院設有供人休息聊天的石板座椅，繡眼畫眉與黃山雀在屋後的樹林中競相啼叫，不遠的小溪裡，魚兒如

達娜依谷溪的鯝魚一般踴躍，轉彎的淺潭中，黝黑的孩子們忙著嬉鬧、跳水。夢境中的元素，是文獻影像與心中願景的剪貼組合，似真實卻虛幻。

隔天醒來，悵別夢境，漸入南投縣信義鄉。映進眼簾是滿目瘡痍的神木村，神木、同富、豐丘諸村落的聯外道路與橋樑全部沖毀，僅靠岌岌可危的便橋與柔腸寸斷的小路勉強連接；山上滾下的大石頭小石頭有仇似地，結結實實地塞進正對小山澗的民房裡。站在由土石流墊高的田地上，伸手便可以輕易摘到原本高不可攀的檳榔仔；放眼許多家屋，屋身半傾，躺在土石堆積的河床上。

樹木找不到泥土，泥土找不到岩石

找不到家的人類，卻放聲哭了起來

瓦歷斯憫人的小詩，不能稍解我下山後久久不平的驚惶。

算起來，那是民國八十六年！就在前一年的夏天，賀伯颱風襲台，南投縣信義鄉爆發有史以來最嚴重的災情，土石流一詞于焉誕生。天地不仁，溫妮、芭比絲、碧利絲、利奇馬、桃芝，一年一災，連年肆虐。已然孱弱的南投，再經九二一世紀震撼，更顯凋敝殘破。

那年冬天，我立於豐丘村陳有蘭溪橋，遠望嘉義山美問蒼天：

一線之隔，何啻天壤之別？

春疑——科技叢林

南投縣有著不輸山美的條件，高山、溫泉、人文、古道。每逢週休二日，都市的「遊民」開始蠢動，像蜘蛛網一般攻佔各旅遊點，享受鄉野之旅，洗滌一週疲累。當然，凡走過必留下痕跡，廢氣交給綠樹去解決，垃圾留給當地人，然後揚長回到都市，繼續又五天的金錢追逐戰鬥。

幸好族人並不在意那一些黑煙與噪音，甚至還歡喜接受垃圾的存在。有遊客來消費，可以增加工作的機會，如果沒有這些有錢人來製造這些垃圾，松林部落的二嫂甚至無法按時繳交三個孩子的營養午餐費。

二嫂經濟狀況雖差，不過還是相當支持我訪問與調查的工作。常跟著我到處訪問老人，擔任翻譯的工作。

很難忘懷那個百花齊放值得歡樂的春初午後，二嫂在兩杯黃湯下肚後，一把將我抓起，問了我一個尷尬的難題：「爲甚麼你可以帶著電腦來訪問我，我卻找不到工作賺錢來買一部電腦？」我呆了半晌，答不出半句話。這句話像當頭棒喝，一整天陷入幽暗的疑惑中。

這也令我想起黑人亞力的疑問：「爲甚麼是白人

製造出那麼多貨物，再運來這裡？而我們黑人卻沒搞出過甚麼名堂？」為甚麼二嫂買不起一部電腦？為甚麼我們始終跟著挾現代科技優勢的漢人跑，卻連個工作都找不到？

雖然善良的人類學家戴蒙安慰我們：各族群的歷史，循著不同的軌跡開展，那個結果是環境差異造成的，而非生物差異。

但是這個地理生態決定的理論，有如學術報告的理論一般難懂與無助。我無法幫二嫂買電腦，也無法教她用電腦，更沒能力幫她找工作。我只能陪她繼續喝兩杯，或者再請她喝兩杯罷了。醉了也不須再懂。

「為甚麼你可以帶著電腦來訪問我，而我卻找不到工作賺錢來買一部電腦？」

酒醒了，卻仍然疑惑。

夏思──祭典文化

春假旅遊的熱鬧很快的過去，燠熱的暑夏開始沸騰族人的心。

仁愛鄉首府霧社的族人們正鬧哄哄地舉辦著豐年祭、祖靈祭。豐年祭也就算了，要說祖靈祭，可就有點怪怪的。這些所謂的豐年祭，祭典的儀式，大多由長老率領各部之族人，取些酒及祭品，做個獻祭的動作，然後朗誦些祝禱詞就結束了。這儀式往往不是祖

靈祭的重心，而是後面口簧琴、織布舞、打獵舞之類的表演節目；射箭、鋸木、負重及抓豬比賽，也是少不了的戲碼。各村族人熱情地表演，能上檯面的東西全都出籠。擴音器傳出通俗、活潑的山地歌謠，眾人縱情於歡樂的大會舞中，我卻陷入去年麻必浩祖靈祭的回憶中：

泰雅麻必浩部落的族人，都在八月第二個星期天的凌晨，穿上傳統服飾，準備鮮花素果，在天還未亮前，集結在部落的廣場，準備神聖的祖靈祭。天微亮，族人跟著頭目，一同向祖靈頌告，然後一同走向墓園，先舉行公祭儀式與長老祝禱，最後家族各自掃墓及追思。

祭祖儀式是在莊嚴而肅穆的氣氛中進行，族人自動自發集結，過程溫馨而深刻。歡愉的唱歌及跳舞，則是在大白天了，歡愉慶祝的活動與祭祖的儀式切割得非常清楚。特別是祖靈祭結合現代「掃墓」的形式與內容，令人耳目一新。

多年一直在記錄部落祖靈祭典的比令認為：當代泰雅族部落能像麻必浩這樣年年舉辦，實在不多；而同時又能保有傳統的形式者，更是少的可憐。集多年觀察的經驗，他一針見血地指出：

「保留傳統形式不難，如何加入現代的東西，吸引年輕人參與又獲得老人認同，才是成功的關鍵。」

過去一般判定祭典成功與否，咸認在於形式是否傳統、古典；而現在堅持傳統風格不思新義的儀式，也被質疑是否合宜。

我不禁陷於沈思：怎樣的形式才能二者兼顧？如何呈現？如何取得平衡呢？

秋惑——無袖短衣

九二一震後，妻突然改變心意，想要個孩子。老天聽到她的聲音，並在翌年應允了她的期盼，賜給我們一個可愛的女娃兒。滿月後的初秋，帶著小芸回瑞岩部落看阿姨，阿姨歡喜地將她抱在懷裡，仔細地端詳後說道：「長得跟拉娃一樣漂亮，就叫她拉娃好了。」眾親戚頓時鼓掌說好，拉娃拉娃親暱地叫著。

母親過世後，阿姨有權利與義務為女兒命一個泰雅名字。泰雅人喜歡命名長子（女）之名與祖父（母）相同，阿姨瞭解我的心思，拉娃就是母親的名字。

下山前，阿姨拿出準備好的禮物送給拉娃，是一件以泰雅傳統織布機織成的無袖短衣。阿姨的織藝雖不能說泰雅人中無人能出其右，但在部落裡坐第一把交椅無疑，鄰近部落的婦女，都會前來拜師習藝。

短衣以灰白為底色，正面織有傳統的文飾：數條紅裡滾黑邊的直紋線條，線條間夾有數個鮮紅色串接的菱形文，每個菱形文中又有實心的菱形。紅白黑三

色是我們福骨群服飾的特色，菱形文則是泰雅人的最愛與最怕：愛的是菱形文象徵祖靈的眼睛，穿著繡有菱形文的衣服，一隻隻祖靈的眼睛，看護保衛著他們的子孫；怕的是菱形文不就是祖靈們睜大了眼睛，隨時監視著他們的子孫是否遵守祖先的規範，是不是一個勇敢正直的泰雅人。

　　高興地收下阿姨的見面禮，衣服還大，只能先充作襁褓，小心翼翼地將孩子包上。包裹間卻瞧見，前襟的兩個前扣是以坊間流行的中國結縫製上的，湛黑素雅，雖然看似古典，卻與泰雅織衣極不搭配。問了阿姨，她說：

　　「中國結很好啊，現在很流行，平地人喜歡，我也喜歡。」

　　歸程無法紓解被這個中國結糾箍得有些遲惑的心情。平地的中國結配在傳統泰雅在無袖短衣上，怎麼看都顯得扞格與唐突。這樣好嗎？就像芸兒之於拉娃，她將來會喜歡這個名字嗎？

傳統──竹木望樓

　　多雨陰濕，卻一點都不冷，因為這是台灣人民最熱衷與瘋狂的政治運動日。但我選擇逃離，遁於台灣最深遠的部落──斯馬庫斯。這裡至少沒有惱人的噪音與嘴臉。

斯馬庫斯鄰近的新光部落人少、寧靜，不僅自然景觀迷人，傳統人文氣息也濃厚，家家戶戶蓋些傳統形式的穀倉與小木屋，孩子們交談大多是說泰雅母語。不遠處的鎮西堡部落人數最少，從上方的教會鳥瞰，十數戶家屋挨在谷地的山坡上，看起來疏落有致，就像是森丑之助舊照片中部落的彩色版。

我們的竹木望樓早在一百多年前就記載在漢人的文字及采風圖中了：「社番擇空隙地編藤、架竹木，高建望樓。每逢稻田黃茂、收穫登場之時，至夜呼群板緣而上，可以矚遠；持械擊柝，徹曉巡伺，以防奸宄。」

圖中部落種禾稻，草頂竹牆的干闌小屋前，怪異猥瑣的原住民揹竹箭、荷長戈，溫馨交談，快樂安詳。望樓下一個急急上爬的族人，似要喚醒或換班在樓頂上橫躺熟睡的伙伴。望樓，據說是為了瞭望保護即將成熟的禾稻？小島由道的照片可就寫實得多，橫目的族人聚在高壯的望樓下，剽悍多了，看起來才像在瞭望。

新光部落有座傳統原木望樓，位於部落的入口，高約五、六公尺，面向道路的兩側掛滿選舉競選的七彩布條，山風吹扯著，好似北方大漠野店前的招幡。這座望樓不論設計或位置都顯失味，不如斯馬庫斯的好看。

大塔的望樓，遊客頻眾．
却暫失暗，當出現彩虹．

黃資絜　繪

61. 6. 21.

斯馬庫斯的望樓顯然考究得多，它位於部落的後上方，高度有十數公尺，四根腿粗的角柱立起望樓本身，立柱之間以對角交叉斜撐，架高起來的望樓有屋架支起屋頂，樓版以圓木舖建，屋頂覆以竹條與茅草。高架的小屋，木椿高度明顯高於小屋地板至屋脊的高度，屋內整齊清潔，四邊更設有欄杆座椅。整個看起來，堅固而饒富古風，更具休閒功能。

　　現今望樓已無禁忌，開放族人登高望遠。我們登上樓頂，整個部落及附近的山況一覽無遺。友人爲我解說望樓可以遠眺制高、守護家園。遠眺，是爲了發揮守望的機能，監看敵情，進而掌握克制對方的先機。我不專心地聽著友人及長老的解說，凝望著這個寧靜平和的部落，想像搜尋采風圖中奸宄的蹤影。多年來，心頭的思疑與惑問，竟在此時一一湧出質問，迷惘莫名。

　　滔滔不絕的長老彷彿看穿我的心事，突然拉高聲調，補充說明現今建製望樓的目的，在於表達族人緬懷傳統文化的用意，部落美觀與文化象徵的意義已大於實質功能。

　　「很多東西不能停留在舊時代的印象了，我們要有新的思考，走出新的方向。」

　　長老堅定的說。

現代──鋼鐵望樓

九二一震倒了硬體，卻震不垮人們奮揚的意志。

漫步在部落裡前年才落成的親愛國小，欣賞嶄新的校舍與一流的設計。環顧新校園，處處驚豔，但最吸引我眼光的，是操場前一座高逾二十米，以鋼骨架構的望樓。望樓雖以鋼骨架撐，樓板、欄杆則以原木架組，外型堅固大方，既復古又新潮。

當代的建築設計師，非常喜歡鋼骨與玻璃建材，其目的似乎在尋找一個時代的新象徵。

爬上望樓，鳥瞰整個親愛部落，遠處的濁水溪也盡收眼底。我想像自己是百年前站在竹木望樓上的勇士，捍衛家園。此刻，斯馬庫斯傳統望樓上的疑問卻再度浮現：一座座過去曾經保衛族群命脈的望樓，如今皆已傾圮毀敗、消失無蹤，是敵人消失，還是他們勝利了？

今天，建了這座百年不腐的鋼鐵望樓，我們可以登得更高、看得更遠，但我只能緬懷過去，卻不能展望未來。

習習山風拂面，我在等待祖靈的醍醐撥教。

驀然想起某屆遠東建築設計獎的首獎作品，這個建築設計案是由一個沒有封閉起來、永遠也沒有完工之日的棚子獲得，得獎的理由即在「創新與突破」。一位評審精彩地評道：

「這個世界一直在不斷的變動中，一切都是虛幻，都是過往雲煙。在心理上，我們沒有甚麼永恆的價值可以依賴，只有靠我們自己不斷的努力，不斷的向前邁進，才能肯定我們存在的意義。」

霎時，亞力、二嫂、比令、瓦歷斯、阿姨、長老的話，一股腦全蹦了出來。我突然了悟：竹木望樓的毀敗，不是因為奸宄的消失，也不是敵人的勝利，而是時代的轉變。鋼鐵望樓即是這新時代來臨的象徵。

路口──傳統現代

如果耗資數億的公共建築與一個永遠沒有完工時日的棚子沒有多大的差別時，這是否意味建築的新紀元來臨？在這種意義上，親愛國小的鋼鐵望樓和斯馬庫斯原木打造的仿古傳統望樓，也是沒有甚麼差別吧！那種暫時取代永恆，揉合「創新」與「現代」的可能，正揭櫫原住民新紀元的來臨。

創新與現代化這暫時的轉變，只為追求更有可能的未來。

原住民雖在經濟、教育與科技的發展上遙遙落後，但我們喜見阿里山鄒族山美人，在既有自然資源與現代生態保育管理上，沉穩邁出新步；一個織布老人，在花紋與材料上亟欲創新，開創文化傳續與經濟生活的雙贏；祭典也為了承續傳統，添加許多活潑通

俗的現代性內容；部落裡科技世界的文盲，正在鍵盤
與螢幕叢林間，摸索著進階的密碼，汲汲躋身新世界
一員；所有新生原住民將如吾女一般，在拉娃與芸的
民族認同中抉擇。鋼鐵望樓，失了傳統的樸質，卻吸
收傳統、結合現代，凝聚族群意識如鋼鐵般堅強，指
引著原住民未來的新方向。是的：

　　創新意味改變，現代化也必顛覆傳統。立足傳
統，才能傲視未來！

　　改變的結果，無論是原住民的宿命抑或希望，走

到十字路口，面臨族群存亡的原住民，都必在傳統與現代中取捨，尋找一條成功永續之路。

（本文獲得二〇〇三年耕莘文學獎散文類優等）

＊＊＊

鋼鐵望樓上的遠眺

語言學家預言台灣原住民的語言約在五十年後會「消失」，如果當時部落仍存在，你能想像沒有母語的原住民部落嗎？

當今我們所面臨的困境不僅是語言，政治、經濟、文化、信仰、環保、認同、祭典、生活習慣、公共政策等面向，都在「傳統」與「現代」之間的掙扎。

當代原住民都該思考我站在親愛國小鋼鐵望樓上眺望未來的憂慮：我們有優良的傳統，但有著適應不良的現在，與堪慮的未來，我們該走向何方？

拉瓦上山過年

　　元旦前幾天，山上的大哥打電話給我，叫我回部落過年。我想想，有兩年沒回山上過年了，立刻滿口答應。

　　第一天剛上山還蠻高興的，因爲終於可以見到那些四散在台灣各地，爲了生計而時時搬遷，致使我始終搞不清楚誰在何處、誰在做甚麼的姪子、姪女們（以及他們那些以倍數成長的孩子）。一般人到四十歲不見得能升輩份做阿公，不過在我們早婚的原住民社會卻是常見。「Bagi（爺爺級的總稱）Bagi，新年快樂，紅包拿來。」雖然大失血，不過以Bagi的身份發紅包，感覺不錯，有那麼點做長老的味道。

　　不過到了下午我開始無聊──甚至有點後悔：不但大哥、二哥開始酒醉，抱著我胡言亂語，部落裡也漸漸喧嘩起來；凡是認識你的人，都會拉你去喝酒，我只有虛與推諉，遮遮掩掩；清醒的人也沒閒著，跟平地人農曆年學來的，過年要打打麻將，三家有兩家在打，洗牌聲霹靂啪啦響，比外面孩子們放沖天炮的聲音更刺耳；比起平地人尤有甚之的是，打牌不必關門

（歡迎參觀），並且是邊打邊喝酒呢；最恐怖的是卡拉OK之聲，部落兩端卡拉OK店裡的人，像是飆歌競舞式地嘶吼。我開始有點受不了，因娜建議要不就去鄰村走走好了，至少那兒認識的人少，清靜些。

到了萬豐，發現他們的部落安靜多了，路上碰到匹瑪才知道，原來此地布農人跟平地一樣，過的是農曆新年。他好心地告訴我，其實聖誕節最熱鬧，並建議我們應該在聖誕節來，「比你們過年更熱鬧哦。」

對了，記得前年我們去武界姊夫家過聖誕節，可真是令人難忘：聖誕夜那晚幾乎全部落的人都到教會去，不論大人小孩每人都會分配到一支火把，火把是由竹子削成竹筒，然後填裝沾了汽油的布條所製成。在牧師祝禱及唱完聖詩後，然後點燃火把開始繞走部落。基督長老教會與天主教會兩路人馬在部落中央的大橋交會，雙方鞠躬握手、互報佳音，祝賀聖誕快樂，然後繼續繞走部落。族人一路高唱聖詩與聖誕歌，歌聲迴盪山谷，美妙溫柔如天籟。而綿延在部落長長的人龍火把，像是串起裝飾部落四周的燈籠，明滅閃爍，美極了。記得那晚因娜感動地宣示，以後每年都要來武界過聖誕（還說將來要信基督教）。

天色漸晚，告別友人回到部落，仍是笙歌大作（卡拉OK、鞭炮、洗牌、廣播，以及更多醉客的歌聲）。匆匆溜進大哥家，緊閉門窗，趕緊入睡。隔天一

早，安靜多了，不過不會維持多久，因為元旦新年對他們來說跟平地人過舊曆新年一樣──一天哪夠。

下山吧！

下山的路上向因娜聊到此行失望的感覺時，她帶點先見之明的口吻嘲笑：又不是不知道，部落這幾年的新年不都是這樣嗎？我趕緊澄清並不反對大家在過年期間喝點酒，過年歡樂一下是應該的，只是覺得有點吵，也不喜歡看到這麼多人喝醉罷了。她還是冷冷回答：反正你們過年就這樣，你姊夫不是說，聖誕節就是他們的新年，因為全家人都會在聖誕節回部落，那也是一年之中最快樂的日子。「我寧願去武界『過年』」她斬釘截鐵地說。我覺得她預設立場，不喜歡喝酒的人，就不喜歡我們部落元旦的新年，反而喜歡過甚麼西洋聖誕節的『新年』。「那不是真的過年」，我義正嚴詞糾正。她說無所謂，反正唱聖詩、報佳音祥和的氣氛，比漢人平地農曆年或泰雅元旦新年都有趣得多。

我想了想，還是提出一個「文化多樣性」的理由反駁她：生物有多樣性，文化也有多樣性，各地的人種適應不同環境，發展出多元多貌的生活樣式，加上各族群經歷不同的歷史過程，於是在不同的環境創造出不同形式的新年。而多樣性使生命或文化更豐滿、更有可能。我鏗鏘有力的確定：這就是文化多樣性的

形貌與價值，我們一定要支持並實踐部落的獨特的文化形式，才能保持文化多樣性。「所以我們要回部落過年」我再次強調。

　　因娜說不過我，只說反正以後元旦只有一天假，要回去你自己去，山上過年，都是酒鬼。

（本文刊於二〇〇二年二月十五日中國時報人間副刊，原題名為「一個新年，各自表述」。）

瓦旦生病了

一陣寒流襲台，部落後方的中央山脈便立刻白了山頭。田裡結實豐滿的高麗菜葉上，也灑下一層薄霜，菜看起來是更鮮美了。族人不因為寒冷而蕭瑟，因為好菜價可以讓我們更有希望。

假日駕車返鄉，過了埔里，速度明顯減緩。每年此時，夏國之子喜歡往冰雪世界朝聖，合歡山賞雪則成了都市人的最愛。到了霧社右轉，本以為就可以擺脫長龍，直驅部落，不料車況也好不到哪兒，因為前面還有個奧萬大森林遊樂區可以拾殘紅。

塞在車陣中，感到些許的無奈與厭惡。因娜說，既來之則安之。

水庫終點碰到叔父巴萬，摩托車後座載著看起來病懨懨的伯父瓦旦。巴萬與瓦旦這幾年四處打零工，難得與他們碰頭，本想下車好好聊聊，卻見瓦旦懶洋洋地趴在巴萬的身上，左手擺擺，叫我不用下車，右手拍拍巴萬的肩膀，只說走吧走吧。巴萬無奈苦笑回應：瓦旦生病，要趕去埔基看病。然後腳踩一檔，卜卜揚長而去。

到了部落，聽大哥說才知道，瓦旦前兩天為了探高麗菜從台中上山來，沒想到一回部落，身體就不舒服了。部落裡沒有診所，拖了兩天，不料越拖越嚴重，挺不住，才趕緊叫巴萬載他下山求診。從部落到埔里，機車來回少說四、五小時，這一趟免不了一頓熬煎。

　　巴萬打電話上來說：肺部有發炎的跡象。瓦旦畢竟是老了，小感冒才會變成肺炎。以前常聽他吹噓南洋打仗的故事，十多歲的小伙子，每天在森林裡穿梭、搜索，刀山油鍋都嘗過。上山打獵的事蹟就更不用說了，一把山刀、一盒火種，一混就是七、八天，那可不餐風露宿。「沒有甚麼困難的啦！」他常說。

　　瓦旦的祖母與我 Yaya（母親）的祖母，是同父異母的姊妹，就輩份而言，我該叫他 Mama（叔、伯）。Yaya 都走了多年，瓦旦還不老嘛。

　　沒想到隔天一早，瓦旦就回來了，大家一湧而上，關心病情。部落雖小，但族人間的感情可謂是相濡以沫、情同手足。大哥關心他怎不在醫院多住兩天，他還是懶洋洋地揮揮手說，打一針就好了，一整晚都躺在床上吊點滴，很無聊。說完便走回他的老窩。大家都習慣他的牛脾氣，也不多說甚麼。巴萬知他，比了比菜園細語：「還不是為了高麗菜嘛！」

　　昨天擠在車陣中的不安，既不是塞車遲緩的不

耐，也不是不悅都市人觀光式的打擾，而是憶起了幾年前村中因塞車而送醫不治的族人：每年秋天，奧萬大都吸引大量人潮進來賞楓，那時並未管制車輛，週末假日，一部接著一部的大型遊覽車，湧入狹小的產業道路，造成嚴重的堵車。一位工作中受重傷的族人，就因來不及送醫而喪命。後來產業道路稍有拓寬，遊客也改用中、小型車接駁進出，雖然交通略有改善，但每當有人急病，那個塞車的夢魘，仍不時地在我們的記憶中出沒。

大哥說，這幾年來，許多人陸續搬出部落，往埔里、台中等地定居，除了就業的機會外，不少人是著眼於醫療便利的問題。雖然埔里基督教醫院巡迴診療車偶爾會來部落義診，解決了某些慢性病患者的需求，但生病這回事兒，可是說來就來，有時還真等不及的。平地大小醫院普及，就醫選擇多又迅速，這是族人最羨慕平地的福利之一。

我也非常同意大哥的說法，依我的觀察，近年來各部落人口外移的現象，確實有愈發嚴重的趨勢。主要的原因不外就是老人醫療、孩子求學、成人就業、生活條件與資訊取得等問題。部落族群永續與文化保存的工作，千頭萬緒，但，失去了人，如何傳承？大哥說，如何將族人留在部落，似乎是我們當前迫在眉睫的課題。

大哥的話使我想起某網路留言版中，一則部落主義式的偏激預言：「不要阻止那些人，離開部落就注定流浪異鄉。」我為族人感到無助：當代部落深陷於大社會結構中的劣勢位置後，離不離開都是苦澀。但我更為他（她）感到悲哀：與其一味地憤怒與指責，不如改變姿勢觀看，因為處處都是戰場，大家只是在選擇最好的戰鬥位置——戰鬥！

　　下山前去探望瓦旦，瓦旦有氣無力地說：「Maluga Daichu（回去山下好）。」他再補充一句「看醫生方便。」我幫他打氣：「山上好啦，空氣好、水質好，有沒有醫生都無所謂。你看，你比我Yaya老，還比她多活了幾年。山上比較好啦。」

　　山上好，還是山下好？回來後的幾天，一直在想這個問題。不過當我打電話回山上關心時，大哥說瓦旦的病已經好了，現正忙採收高麗菜呢。

（二○○三年五月二十三日聯合報副刊）

獵人烏敏下山

　　這陣子眞是太忙了，竟忘了秋茶早已採收，南投叔父烏敏打電話下來時，才發現茶罐也已空空。我在電話中跟烏敏說，最近忙，過兩個禮拜再上山去拿，沒想到隔天烏敏竟親自送來台中，把我嚇了一大跳。

　　二十多年前，烏敏曾下山來台中工作，其中兩年待在西屯路的一家木器廠。他與母親算是異鄉故人，星期假日若未返家，則會來與母親閒話泰雅家常。「那時候你還小，我故意教你一些 Babui、GnaGna 之類罵人的話，頑皮的你剛學會一點母語，就 Babui、Babui 地大聲嚷嚷，結果被你 Yaya（媽媽）修理一頓。」母親過世後，烏敏便少來台中，但每遇我總會倚老賣老，提這些死無對證的往事訕笑我。

　　「我在公車上一直看一直看，怎麼看都不認識。等車子開到山上，我看不對勁，趕快下車。」我在七、八公里外的大度山找到他時，他笑嘻嘻地這麼說，「幾年沒來，台中變化得可眞大。」我倒在心裡暗笑，這個在部落有著響噹噹名號的獵人老手，可也虎落平陽，山林雖稱驍勇，這回迷失在都市叢林了。

「趁新鮮喝才香哪。」烏敏跟我解釋爲何主動送下山來。幾年前，種茶這行原本大有可爲，那時經濟活絡，喝茶的人多，玩壺的人也不少，泡茶休閒蔚爲流行。種茶成本雖高，但水漲船高，利潤相對也不錯；高山茶產地條件尤好，在消費市場擁有一定的客戶。恰好身邊有幾個愛喝茶的朋友，便爲烏敏做個順水人情，幫忙推銷幾斤，喝習慣的，也逐漸成了固定客戶。近幾年光景大不如前，種茶的人增多，銷售競爭轉劇；加上景氣下滑，許多人乾脆連茶葉也省下來，茶葉不是賣不出去，就是利潤削薄。烏敏也是如此，盛景時的大賺列車沒搭上，一窩蜂的跟進，倒成了末班車的套牢者。

茶葉不是水果、豬肉，哪有甚麼新不新鮮的問題，烏敏會送下山來，其實是企圖開拓客源，爲他的高山茶開發新天地。他說看著逐漸蕭條的舊市場，不得不嘗試走出；而台中還有一些久未聯絡的老朋友，來看看他們，也來碰碰機會。

由於沒事先約定，家中也沒啥好料款待，因娜建議到速食店吃炸雞漢堡。我想也是，部落裡族人難得出遠門，對這些洋玩意兒，僅在電視裡看著成堆吹噓的廣告，而今既然下山，何不前去嚐嚐？烏敏客隨主便，點頭答應。

三人各自點了不同的餐別，我再幫烏敏多點一

份。烏敏先吃了薯條，我問還喜歡嗎？他直說不錯不錯。不過在吃漢堡、炸雞時，則若有所思，我問是不是最近銷售茶葉壓力大，他說不是，而是想起了Babui。Babui就是豬。他說，小時候，常跟著雅爸上山打山豬，打到就有烤山豬肉可吃；想起烤山豬肉，就想到雅爸；想起雅爸，一股腦的山林往事全浮上心頭了。

「山豬肉可好吃的勒！」說到山豬，烏敏兩眼都亮了起來。獵到的山豬放完血後，大卸八塊；腰子與肝可沾了鹽生吃，大骨、腸子則拿去煮湯。親朋好友招來一同分享，一邊喝小米酒，一邊將切成塊的五花肉現烤；不管是炭烤還是鐵板燒，香味四溢，肉質香Q帶勁。「那才是真正的烤肉。」

說到這，我們同時放下手中的雞塊漢堡，啜了一口可樂。

烏敏的雅爸我認識，幾年前，他記性好的時候，是我極佳的訪談對象。他是個老獵人了，最喜歡講年輕時打獵的事蹟，一把番刀繫身，Harun火種、鹽巴帶到，就可以在山裡玩上好幾天。他說，以前原住民的獵場是有一定的範圍，而一個優秀的獵人對其獵場內的一草一木，必須瞭若指掌，而且舉凡攀岩、覓水、開路、避難等技能皆不可缺。此外，動植物的鑑別、方位的判定、天候的觀察等也為必修的自然知識。每

回說完，他總帶上這句口頭禪：「不是那麼簡單的啦。」

　　烏敏話頭一起，欲罷不能。獵人除了基本的知識及多樣的技能外，還必須遵守族群傳統打獵的規範及倫理，才會有好的收穫，也才是好的獵人。甚麼規範呢？不可擅闖別人的獵場，不可影響他人的陷阱及器具，不要任意砍樹、砍草與燒火，以免影響野生動物活動，不打未成年的小動物，動物生殖期不出獵。聽他這麼說，我們的祖先打獵還是很有原則的，用現在流行的話來講就是：很環保，很有生態智慧哩。

　　我問烏敏現在還打嗎，他笑笑說，打是想打，麻煩很多，而且野獸越來越少。像山豬吧，現在在部落淺山附近是打不著的，一定要進深山才打得到。一般人抓山豬，是用放陷阱的方法，也就是在山豬慣走的路線上佈置陷阱，不過三兩天就要巡查，免得獵物自行掙脫而前功盡棄。放陷阱基本上是以逸待勞，事半功倍；就像現在骨頭挑得乾乾淨淨的漢堡、雞塊，吃起來輕輕鬆鬆，但沒有嚼勁，缺了點趣味。以前的老獵人比較厲害，看不起放陷阱的方法，他們會判斷環境，掌握線索，追蹤野獸的行跡，喜用傳統捕獵方法。此法當然比較辛苦，相對於放陷阱，是事倍功半，不過靠著傳統狩獵技巧收穫的成就感，可不是巡巡陷阱堪比擬的；就像煮不爛的飛鼠肉，咬勁十足，

暢快淋漓。如今山豬列名保育類，不能亂打了，「Babui 罵人可以，要亂打會被抓去關囉。」烏敏悻悻地說。

烏敏意猶未盡，講得亢奮起來：族人有時集體出獵，辛苦追蹤幾天，然後分工合作，將野獸包圍，最後一舉擒獲。聽著他的描述，我想像著族人集體出獵的景象，突然有個聯想：打獵似乎有點像釣魚，一種比釣魚時間還長的動物捕獲過程，其中不過是魚鉤與番刀的差別。我問烏敏，這樣是不是有點殘忍，「不是你想的那樣。」他篤定地搖搖頭，「會打獵，真正的男人！」烏敏用力鄭重地澄清。

「會打獵，真正的泰雅！」這也是雅爸常說的一句話。時空變遷，此刻烏敏在現代速食店裡敘述這些故事和話語，我對他們父子二人的說法有了新的體悟：泰雅獵人所要獵的，不是山豬，也不是山羌，而是認同，一種文化上能力的肯定、野性的追求以及族群身份的認同！

不過百年光景，原住民還為了爭奪獵場，你殺我，我就砍回來，彼此怨仇越結越深，別說各族間會相互出草，就連同族部落與部落之間也會對立決裂。現在原住民已不必再為食物而爭奪獵場，因為自然環境被人類破壞殆盡，獵場裡已不容易打到野獸。同時，社會漸榮，物資充裕，也用不著再打獵，想吃

肉，要甚麼肉就有甚麼肉。獵場，成了空洞的學術名詞；打獵，也彷彿成了一個遙遠的神話。

現在雖然甚麼都有，但樣樣都要花錢；不工作沒有錢，沒錢就不能生活。而今光靠打獵吃不飽囉，而且上山打獵違法，下水抓魚也違法，種米、種麥不賣錢，種茶葉被罵不環保，種高山蔬菜說是破壞水土保持，「甚麼都不能做，怎麼生存下去？」「現在換我們是保育類了！」烏敏一說完，禁不住長吁短歎了。

一頓速食大餐，從香噴噴的漢堡、炸雞到撩人遐想的烤山豬肉；從茶農到英勇的獵人；最後在苦澀的經濟困境與令人喪氣的環保難題中結束。我不知道我這個喝茶又倡言環保、喊保育也關懷原住民生存問題、有班可上的都市原住民，是該鼓勵還是安慰他？

山林中野慣的原住民在平地是住不慣的。烏敏待了一晚就要回去了，留也留不住。送他到干城站時，我問茶葉推銷得如何，他說，哪有這麼容易，跑一趟台中，當作是拜訪親友啦，帶來的茶只能半相送碰運氣。臨上客運時，他說：「下次還是你來部落拿茶葉好了，買茶葉送香菇，運氣好的話，請你嚐嚐飛鼠肉。」

「有點野味的，真正好吃！」

（二○○三年一月六日台灣日報副刊）

勝訴的吉哈甫

「為什麼法院已經判決我勝訴，老闆還不付錢給我？」吉哈甫生氣地說。

吉哈甫姊和其丈夫是布農族人，有兩個孩子，山上沒工作，遂與夫至台中租屋謀生，長年居住平地。她自民國八十七年八月起進入中清路某專業電宰場，擔任雞隻宰殺與清理之工作。每日工作時間為晚間十二時至次日早晨七、八時左右，每月休假三日不等，至八十九年四月起，月薪為新台幣三萬六千元。

姊夫雖是雜工，但夫妻二人皆有收入，可以讓一家四口餓不死、兩個孩子可上學，比起其他收入差一點的原住民，生活算是差強人意。

世事難料、好景不長，吉哈甫於八十九年十月六日上班時間工作時，右手遭機器（輸送帶）夾擊受傷，緊急送澄清醫院急救，經診斷為「右橈股及尺股幹開放性骨折」！在院內進行開放性復位，骨釘植入內固定手術及擴創手術後，十月十三日轉入榮總接受四、五次擴創手術、外固定術皮瓣移植術及補皮術後，仍須定期回門診追蹤病情、高壓氧治療及復健。

吉哈甫捲起右袖露出她的下手臂給我看，整隻下手臂幾乎都是縐摺的植皮，她皺起眉頭說：「植皮最痛。」她摸摸肚皮：「這些都是從肚子和腿移植上去的。」

九十年五月，經醫師診斷，吉哈甫右手腕活動受限三十度，掌紙、指尖關節活動受限十度，認定屬「輕型肢障」。

自此，工作不定的鋼筋勇士與受傷並停止工作的黑皮公主，停止了她們快樂的日子。

吉哈甫受了傷住院後，診斷、住院、手術及醫療費等共花費二十七萬元零八百元。受傷後工作停止，其傷又被診為輕型肢障，影響工作能力。住院其間，老闆曾支付約十四萬九千七百元的醫療費，並且承諾住院其間每月將支付薪資二萬元，出院後仍可返公司工作，且安排較為輕鬆安全的工作。在傷後危難心情下，聽到老闆如此貼心誠意的承諾，自是高興萬分、不疑有他。不料老闆付了兩三個月的薪水後（二萬元），突然就止付，而且對吉哈甫不理不睬。當時她仍在醫療復健中，待出院後再打電話給老闆時，老闆也避接電話，對於承諾也含糊其詞，這時吉哈甫一家才覺事有蹊蹺。吉哈甫偕夫與幾個族人同去公司詢問後，才發現公司已更換負責人，原老闆退居幕後。負責人仍是其家族中人，對賠償及承諾之事一問三不

知，一副推託責任之勢。

　　吉哈甫受傷後已失去工作不說，復健的傷痛也承受下來，但爲公司辛苦工作受傷卻落得如此下場，她不禁感到不值，特別是老闆欺騙的詭詐，趁人住院其間虛情假意，使人鬆懈之際，迅速更改公司企業負責人之名，以逃避責任之態度，更令吉哈甫寒心。

　　她輾轉問上了我，在與我介紹的一位律師詳談後，皆認爲若採取法律行動應有勝算。經過一年多的訴訟官司後，終於在九十一年九月判決，勝訴！法官判決被告（業主）應賠償職業傷害補償費、殘障補殘廢、醫療費與工資補償費等共計一百二十五萬三千四百八十四元。雖然花了四萬元的律師費用，但是確實爭回了正義與賠償費。

　　但是當時高興得太早，法院判決雖勝訴，但業主將公司轉交負責人，對賠償一事亦不聞不問。大夥兒追到公司要錢亦不得，有人建議再告他，要求執行賠償，但想到請律師又要花錢，萬一他已脫產，是否追討得到是個問題，漫長擾人的法院之路又令人怯畏……。

　　最近我又去看她們，吉哈甫早已不能做吃重的工作。大家邊聊天，姊夫卻邊喝酒，臨走時，姊夫突然發酒瘋，大聲斥責我：「一百二十五萬在哪裡？」頓時我呆立那兒，不知道該說些什麼才好。「我的四萬

塊還來！」

　　一個清涼的午後，吉哈甫的外露縐摺的植皮手臂，搖搖晃晃喃喃自語的姊夫，一百二十五萬與四萬元的催討聲，風中一紙對吉哈甫幾乎無效力的法院判決書，一個似有若無、隱身於都市一隅的原住民故事。

（二○○四年八月二十二、二十三日中國時報人間副刊）

尋找伊萬

尋人啓事

尋人，年約七十餘歲，原住民女性，于四月十八日走失，上身穿著白色黑點短上衣，深藍色七分長褲，不諳國語，講山地母語，如有仁人君子發現，請送至當地警察或電洽0916-057560劉小姐。不勝感激。

伊萬下山

九二一大地震後，原住在仁愛鄉泰雅部落的伊萬，因為孩子都到都巿工作，發生地震時，一個人在山上嚇壞了，遂來台中與其姊哈金同住，這一住，習慣舒適，就這樣住了下來。

哈金阿姨嫁來台中三十幾年了，但全家人生活都還常說母語。兩年多來伊萬住得很習慣，不過伊萬七十歲了，不太會說國語，難得開口說幾句話，大概也只會說幾句「你好」、「再見」之類的話。膽子也小，不太敢跟陌生人或平地人說話的，平常生活總與姊姊哈金亦步亦趨。都市生活適應也差，給她錢，她也不

會（不敢？）到店裡買東西。走失的時候也才發現，他竟然連家裡的電話都沒有（不會？）背起來。

走失的前一天，哈金的先生住院，哈金必須到醫院二十四小時看護，醫院裡空間小、空氣差，沒讓伊萬跟著去。不料隔天就走失了。小妹說，那天下午，阿姨說想出去走走，一家子忙著趕做加工而輕率答應，結果竟真讓她一個人「出走」去了。

你在哪裡

哈金阿姨回來聽說妹妹走失了，火冒三丈，把幾個孩子痛罵了一頓。哭哭啼啼地說怎麼辦、怎麼辦。

孩子們也緊張，開始尋人吧。隔天，天剛亮，四、五個人就騎摩托車或腳踏車到處去找，趁著尚未走遠、範圍還小，在附近高密度進行地毯式搜索。巷子轉角出去的球場，打球的年輕人說，昨天確實有看到這位白髮的老人。大家在球場附近仔細搜索詢問，就是找不著。

第二天，沒辦法，先去管區報個案。接著中港路那邊傳出有人有印象，大家集中火力，興奮地在附近空房、橋墩下、公園找去，還是毫無斬獲。附近的計程車行司機天天在市區跑，也都熱心加入搜尋大隊，載客時多花兩眼幫忙看看。有位司機先生反應快，央求廣播公司協尋；另一位司機幫小妹印製了尋人啟事

的佈告，在附近公園、電線桿張貼。

　　第三天、第四天過去了，仍是音訊杳然。街坊鄰居每天都來關心搜尋進展如何，也七嘴八舌提供各種意見。哈金的大女婿接受建議試試問神一途，結果神明指引：往西方找去。而且聽說神明隱約透露，可能在沙鹿一帶。

　　我是持走不遠的看法，因為從生理及心理的角度判斷，伊萬應該走得不遠。我建議他們朝兩個方向去找；從生理上看來，她需要吃的，因此可能在市場附近；從心理上看來，夜晚需要棲息，她不敢與人交談，因此可以考慮到公園之類可休息的公共場所找找。

　　又過了兩天，仍無所獲，這幾天豪大雨不斷，夜晚稍有涼意，哈金憂心伊萬的安危，飯也吃不下，覺也睡不好，心情極為惡劣。她說：雅爸、雅亞（父親、母親）都不在人世，就只剩妹妹這個親人了，如果找不到，怎麼對得起雅爸。說完便嚎淘大哭起來。我安撫她說，這個社會人情尚暖，只要伊萬肯嘗試開口與人交談，倒也不是沒機會。我舉母親的例子安慰她，母親拉娃在過世前兩年，得了老人癡呆症，常常在半夜裡吵嚷著要回山上，有時竟隨便捲個包包，偷偷地離家出走。所幸母親行動不便，也走不遠，相識的鄰居發現她「出走」，總會協助將她送回；走得若稍

遠，熱心的民眾也會看到手牌上的電話，打電話回來「報案」，所以一直都沒出事。

可是伊萬卻一句國語也不會說，電話也記不住，更何況她不敢開口跟人說話，所以雖說是安慰阿姨，其實心中也無太多把握。

流浪週記

皇天不負苦心人，哈金的大孫子眼尖，第七天在離家直線僅僅兩公里距離的水湳市場內發現她。

歷劫歸來的伊萬，全身髒污，神情疲憊，兩腳掌佈滿水泡，膝蓋及踝關節也有些微受傷。見面那一刻，哈金阿姨看她這個樣子，難過得抱著她哭了起來。

驚魂甫定、稍加梳洗後，伊萬回憶七天的流浪生活：前四天是露宿街頭，有時蹲在屋簷下，有時就睡天橋下。她說前五天沒吃任何食物，只有喝一些雨水，五天裡未與任何人說過一句話，後面兩天，就在水湳市場裡徘徊，隨便撿些食物果腹。後來終於有個好心的歐巴桑給她吃了點東西，並收留了她住一夜。不過隔天伊萬就離開她家。伊萬跟我們說：「我想自己找路回家。」

伊萬就像泰雅男人一樣勇敢！也不知道為甚麼，這位好心人怎麼沒想到送她到警察局或報案呢？

老人問題

幾天後我問伊萬,失蹤那天妳到哪裡散步去了?她羞赧地說,球場那裡。球場,不就在巷子左轉出去五十公尺左右距離的學校預定地嗎?我再問她:以前在山上會不會迷路?她笑笑說,不會。

短短五十公尺的都市叢林,卻難倒了曾經馳騁山野、橫行無阻的原住民。

當然,伊萬走失的問題,並不是那麼單純。她的國語能力差、缺乏與人交談的勇氣、稍微弱智及家人的疏失等原因,都是造成走失的原因。然而,今天的老人迷失問題,其根本的原因是:太多理所當然的疏失以及缺乏危機意識所造成。

其實,今天社會許多底層階級的邊緣人,仍未受到社會大眾的關懷。伊萬失蹤的七天裡,並非在人煙稀少的窮鄉僻野,而是在人口稠密的台中市區。近年來電視、報章雜誌媒體大量投入搜尋迷失老人的宣傳廣告,卻未引起市民足夠的注意力,關懷或正確協助這些迷失的老人!唉!

掛個牌子吧

這幾天又在學校預定地圍牆上看到另一則尋找老人告示:

尋人啟事：高笑女士，六十多歲，身穿黑色衣服，紅色外套，患有精神病症，如有仁君大德發現此人，敬請電話告知。04-23172977 侯先生，無限感激。

「小妹，不是每個人運氣都這麼好，趕快做個牌子給她掛上吧！」我說。

（二○○三年四月九日台灣日報副刊）

莎瑪買電腦

　　自從買了筆記型電腦後，回部落訪問就方便多
了。除了當日訪問資料與影像可即時處理外，族人臨
時有疑問，也可立刻從電腦裡把整理儲存的資料叫出
來解決。特別是，躲在雲深不知處部落的一個小房間
中，用自己的電腦接上電話線，撥接上網與收發信連
結全世界的感覺，真棒。

　　嫂嫂是我的搭檔翻譯人，她中文不算太盲，但是
個不折不扣的科技文盲，主機板、CPU、網路、e-
mail諸名詞完全不懂。他妹妹莎瑪比較積極有概念，
常問我一些新的資訊與觀念，上回她問的那個大哉
問：「全球化是甚麼？」至今我都覺得沒回答清楚
呢！

　　我先用麥當勞全球普及的現象解釋，全球的飲食
習慣的趨同。她仍狐疑：速食店如何就全球化了？我
也明白這個例子其實還不能解釋充分，直到我買了這
筆記型電腦，親自操作給她看，藉助網際網路與電子
郵件的使用，將這個世界的距離變小、聯絡速度變快
的功能呈現。這就是全球化，我說。關機了就切斷資

訊，它也無法全球化，她說。

　　電腦對部落一般人的經濟而言，算是個昂貴的奢侈品。能買的人，大抵為中產階級或新青年為主。莎瑪想買電腦很久了，直說沒有錢，結果她積極地爭取原民會的補助，竟真的給她排到一部電腦。後來才知道，公家補助有限，全部落就她一人申請到，補助純粹是象徵性的。

　　她抱電腦回來那天（埔里的電腦公司可不願送到山上來），我特別跑去「參觀」新電腦，電腦搬回來了，不過她笨手笨腳，一切還未進狀況，之前在學校學的一點基礎久沒操作全忘光光。倒是她兒子尤命樂不可支，直嚷著要打電動。

　　後來幾天我再去看她（以及電腦），上了一些軌道，無論開機、點選、設定步驟大致順利。她看到我像看到救星，抓住我要幫他解決一些功能設定的問題。能力有限，能幫的都幫了，有些I/O硬體或驅動軟體，實無能為力。最後我幫她申請一個網站上的免付費信箱，並教她一些帳戶與密碼的設定方法。最後，我抄下她的帳戶，登錄在我的電腦通訊錄中，隨即利用兩支電話線就將Mail寄送示範給她看。離開前她還要求下回是不是帶些大補帖、可以打電動的遊戲光碟來。

　　剛開始她與我通了幾封信，信中所提盡是電腦碰

到的問題，這些問題又找不到人解決。此外，周邊硬體如印表機、掃描器缺乏，想處理的工作又不知道如何找軟體支援。讀完她的電子信件後，仍感覺距離這麼遠，還是幫不上她的忙。（這時我突然警覺：科技不是拉近距離嗎？全球化不是打破疆界嗎？）

後來我與莎瑪聯絡，信件屢遭退件。回部落碰到她，她說免費信箱早就沒去用了，電腦被納武下載一些亂七八糟的東西，好像中毒不太正常，「當了。」她說。

電腦需要持續砸下大把銀子，日後還要維修、升級，補助費用只夠買電腦基本配備，其他硬體設備則自求多福。軟體不足，有了硬體，等於沒用，而軟體是應個人需要作選擇，因此個人必須非常清楚本身的需求；電腦整體配合與程式應用需前輩指導，要不就周遭使用的人多，互相交換心得；使用能力需要時間學習，族人賺錢都來不及，時間怎會夠用。最重要的是觀念的整體提升，也就是關於科技的意義、功能、接受度的認知與準備。否則電腦又將成為一個像電子雞短暫的流行名詞。

最近發現，我的電子郵件住址裡，已經沒幾個部落族人的住址了。部落裡除了國小的幾個老師會正常回覆聯絡外，其他人不是被停用就是自己也不再用。本以為科技的發展，促進全球化效應，會將部落與城

市間的距離拉近，城鄉差距縮小，其實我太天眞了！

　　部落現在要科技化、電子化，恐怕還是個遙遠的
神話。

　　（二〇〇三年七月十六日台灣日報副刊「非台北觀點」專欄）

達利上教會

在我的部落裡，「廣義」的有信仰者，大約接近總人數的一半，信仰本世紀從西方傳入部落的基督天主教者，是壓倒性的多數，當然也有少數的佛教道教信仰者，最近則還有自稱屬傳統信仰的人。所謂廣義的意思就是本身自認有信仰者，至於這些人是不是真的有上教會、一日三炷香或認識祖靈，那就不一定了。

表哥達利是禮拜天上午去基督長老教會，小姨丈阿維是星期六去真耶穌教會，表妹谷姆上天主堂，鄰村老友阿米司則是走新路線的曠野教會。我跟朋友開玩笑：在部落要找人很容易，只要知道他是信哪個教派就可以了，可在星期六下午、晚上，或星期日的上午，在教會裡很輕易地找到人。若找不著，裡面的人也會告訴你如何找著。

現下許多不上教會的（原住民）朋友，大力抨擊這些外來宗教的入侵，他們認為這些外來信仰嚴重顛覆了原住民傳統信仰的本質，而且進一步涵化了傳統文化。

這個批評讓我感到有些疑惑，使我不得不深思甚麼是傳統信仰、甚麼是傳統文化、基督天主教有沒有取代傳統信仰、改變傳統文化等問題。

首先我必須承認，有時我蠻羨慕布農、賽夏、阿美族人，因為他們有著讓人熟知的祭典：布農族一年到頭有祭儀，傳統留下來「祭事簿」上記得清清楚楚；賽夏族有個兩年一次大名赫赫的矮靈祭，熱得許多人汲汲追查矮人的去蹤；最長的也有排灣族五年一次的五年祭；最嫉妒的是阿美族歌舞熱鬧的豐年祭，舉國皆知。我們泰雅族就是沒有甚麼固定的傳統祭典儀式，如果有的話，可能是全村或全鄉辦的「豐年祭」、「文化祭」。但那是我們的「祭典」嗎？（有朋友提醒我，麻必浩和鎮西堡部落都有一年一度祖靈祭，而且據說是承襲傳統的儀式進行。）

但仔細想想，上述祭典都不等同傳統信仰，祭典只是宗教的一部份。那宗教是甚麼？我們的傳統信仰又是甚麼呢？

又有人說，我們（泰雅）崇信的是 Utux（Utux bnkis），Utux 就是祖靈，另外以前我們也有 Gaga 這社會規範（組織），指導我們生活與行事的準則，此外還有充斥在自然中的各種神靈，祂們使世界正常運行，與泰雅相依共存。但我還是有點不解，如果只是相信某事物（精神），恐怕也會淺薄得像相信人會走路的物

理原理一樣不成爲宗教，倘若我們只是愼終追遠、紀念祖先，那何異於崇拜祖先？

我跟著表哥達利去教會做禮拜，心想這種內容、形式與儀式就是信仰罷！那我們的儀式在哪裡？我們的形式是甚麼？是祖靈祭、豐年祭？禁忌、和解、消災儀式是不是？還是在我們腦子裡，指導我們行事的價值以及祖先的話，就是信仰？

如果它們是文化而不是信仰，會被宗教取代嗎？還是就沒有取代的問題了？如果是，那基督（天主）教說耶穌是唯一眞神，這可不是爲難了，因爲信了基督如何面對祖靈？如果是，這些「傳統信仰」已被外來信仰取代了嗎？

說傳統與西方信仰衝突太沈重，老友疊撒建議是不是從它們結合的觀點來看。他提供他的訪談與觀察，一位受訪老人這麼有趣的說：「父母親告訴我們不要偷東西、不要做壞事，聖經上面也是這樣子講，上帝的話和以前老人家給我們的教誨，我認爲都是一樣。」另一位說：「我們祖先敬拜的 Utux Kayal，我相信就是上帝。」

從逆向思考邏輯來看，這話還眞有點道理，既然不能確認所謂傳統信仰內容及所指爲何，而祖靈與上帝都是看不到時，那我們就信祂們相同的地方。

能將傳統「信仰」與西方宗教如上述老人那樣的

合理的詮釋與結合，眞是太有趣了。所謂傳統信仰「現在」在部落，並無顯著的典範與形式；祂的存在彷彿是一種哲學，一種生活方式，一種處事態度。某些時候，祂又像是一種學術名詞，一種在部落裡後實踐的學術理論。有時我甚至覺得祂是一個現代產物，一個過去活生生的存在，卻在現代被具體化、宗教化的現代產物。

因此，在形式與內涵似乎不是那麼相似之下，傳統與外來宗教之間，好像也就不是那麼衝突了。反而可能是過去與現在之間，傳承、認知與衝突的問題。不論如何，有時候教會的存在，還是不錯的，例如沒了頭目制度，部落裡許多大小事，就可以在教會裡宣布與討論；表哥達利酒喝多的時候，牧師就會提醒他，上帝不喜歡我們喝醉酒；如果有信徒喝醉鬧事，事後還可以到教會裡懺悔而不必繼續內疚下去。

至於道教與佛教，還是等信祂的人夠多時再討論囉。

（二〇〇三年十月八日台灣日報副刊「非台北觀點」專欄）

馬賴與亞甫的選票

　　每年遇選舉日，我都會返回山上部落，倒不是因為自鳴清高棄選，也不是特別去關心原住民的政治生態，實在是因為想逃避選舉期間都市人政治高溫，瘋狂行徑。尤其崇尚梭羅「一切投票都是遊戲，像下棋一樣，略帶一點道德色彩，玩著對與錯的問題，玩著道德問題，而這其中，就免不了有打賭的事。」之說。最後他還說：「我寧願把它留給大多數人。」擊掌贊成！

　　最近一次是上回立法委員暨縣市長選舉，地點在深遠的司馬庫斯部落。去那兒主要是拜訪老友馬賴和吉娃斯，好久不見了，他們當老師的，選舉日是跑不掉的。

　　馬賴說，近年山上選舉也不冷清，買票謠言滿天飛，派系衝突也不小。族人深受媒體影響，對選舉漸趨熱衷。我也同意，二哥就是某無黨籍立委系統的忠實支持者，近年遇有選舉，必打電話下山找我催票，他可不是催我的票，而是請我打電話上山，說服住他家隔壁我們的大哥，要明大義、重是非，不要再沉迷

過去某大黨的信仰了。這條電話迴路證明：族人的生活距離很近，政治距離卻很遠。

坦白說，現在部落的選舉文化也好不到哪裡去，許多族人受物質引誘，小惠即能得其票，各黨各派各系統，在封閉的社區裡競相叫價。叫價的方式由樁腳定價提升到自己開口，叫價的單位則由瓶晉升到箱。除了少些無謂的喧鬧外，都市惡質的那一套，不一而全。

選舉假並未實惠本地族人，因為農人的作息是依天時而非人律。如果他們要投票，必須選擇在太陽下山前的更之前提早返回部落投票。那還不打緊，隔壁的一個鄉，遠在對面山頭，需繞過四五個溪谷一兩個小時車程的斯馬庫斯，想投票，得在午飯後就要出發，來到這個司馬庫斯投票所投票。民主的價格昂貴，僅是外出工作人返鄉與親人相聚的好理由。

部落人少，投票秩序良好，族人對實況轉播電視中，都市人要大排長龍投票的現象指指點點，因為這兒大部分的時間，是在引頸仰望下一個人進場的等待中度過。一旦有個七、八十歲的老人進場投票，選務人員頓時有了精神，有點事情忙碌一下。不過多選舉的民主制度在台灣，早讓老少熟練領票、蓋印、投櫃等動作。大部分的人還是選在截止前一刻才來投下神聖的一票，這才讓氣氛有點熱了起來。

　　前一刻的熱鬧只是熱身，好戲才要開場。教室前瞬時擠滿了等待開票，看著選務人員清場倒票。部落小，票不多，個把小時便可唱完票。在唱票聲與歡呼聲中，我憶起兩年前的千禧年總統大選那一夜。

　　那年的總統大選緊張懸疑兼精彩刺激，我回了仁愛亞甫舅舅家。山上也不例外，早在幾天前，各路人馬就循電話熱線溫情攻擊，在人數稀少的部落裡，一票都不能少。開票時我在國小的投開票處聽唱票，教室內擠滿熱情的族人，隨著唱票聲一陣又一陣歡呼，特別是每唱出某前省主席參選人的票時，歡聲雷動。

當時族人口語相傳、信誓旦旦，他們支持的那位勤政愛民首長必當選無疑。

開票結束後我抄下記錄作了統計：無（黨籍）、國、民三組主要候選人的得票比率是74：20：5。稍後我又得到蘭嶼的統計資料：達悟人對三組人馬之比約為75：16：7。公視「原住民新聞雜誌」的調查顯示，當選的民進黨候選人在全國原住民鄉鎮的獲票率，僅為百分之九。

那晚，在原住民區得票奇慘的民進黨，卻在全國各媒體實況轉播下，歡欣慶祝當選。亞甫舅舅看著電視問我為甚麼？為甚麼平地人的選擇跟我們不一樣？我無法回答這個問題，他落寞地關上電視：讓他們慶祝好了，我的票對得起主席就好了。

舅舅算是中立的無黨無派選民，沒有意識型態，沒有行政包袱，不接受賄賂，自己觀察選擇。他的理由很簡單：我只看誰在我們這兒做了甚麼。

偏偏，做事的人卻被批評是亂灑紅包。馬賴說：「現在政治人物誰不在灑紅包？」如果在台北高雄整治美得可以游泳、放煙火，動輒千百億的河流整治費不是亂灑紅包的話，一條只求方便外出，不及百萬元的部落聯外橋樑與平整的柏油路面經費，還能算是亂灑紅包嗎？說紅包太沈重，那只是平民老百姓一個小小的平安需求罷了；只是希望選出一個，願意在三千弱

水裡，杓一匙「紅包」溫暖原住民的候選人罷了。

歡慶的聲音再度響起，因為此地族人所支持的Ｄ黨籍現任市長，在此地以些微票數險勝主要對手Ｋ黨籍。依我的經驗，他們高興的太早。就在馬賴與吉娃斯送選票至山下選務中心尚未返回部落前，我們就已從電視的實況轉播中得知，族人又要失望一次了。

原住民的選擇，總是與主流民意不同，這是資訊的差異、地理的差異還是文化的差異？當我們接受少數服從多數的民主規則而進入體制時，我們就得理解並接受遊戲規則：少數服從多數！而我們只不過是百分之五的極少數，少數得永遠服從多數。

隔天大家若無其事地上工了，往平地討生活的下山去了，山下的平地人也駕著四輪傳動車子來部落尋奇，一切平靜的似乎沒有發生過甚麼。是誰說的：「民主就是投完票後，閉上我們的嘴。」我們該欣喜由選前的喧囂不安迅速歸於平靜，是民主的堅實，還是，將民主看做一場嘉年華？民主精神已在台灣最偏遠的投票所展現與運作，但，選舉在這裡，究竟是由政治家所宣稱的民主運作機制，還是一場不公平的遊戲？抑或，是一個少數族群（民族或政客）的自慰？

馬賴開的玩笑也不是沒道理：下次我看原住民還是別投票好了，反正每次我們喜歡的人都選不上。

（二〇〇三年八月十三日台灣日報副刊「非台北觀點」專欄）

古拉斯休假的福氣

　　前兩天來台中工作的古拉斯打電話問我：今年是不是真的有個「祭典假」？同事見我也都跟我恭喜，不過他們大多語帶酸溜：「我們勞工朋友哪有『福氣』，福氣都是靠打拼出來的，你們原住民才是真正的『福氣啦』！」沒錯，日前行政院審查「紀念日暨節日實施條例」時，通過了將原住民歲時祭儀納入民俗假日的草案，該草案規定原住民各族，每年都可依該族的風俗祭日放假一天，並授權原住民委員會公告放假時間。我回答古拉斯說這假值得期待，而恭喜我的勞工朋友其實是羨慕我們原住民還比他們「多放一天假」，至於這個「福氣」，可就各憑造化了。

　　坦白說，多了這一天假，我們原住民真該感謝許多人，感謝立委努力爭取；感謝政院長官尊重族群多元文化；感謝社會大眾認同原住民文化；感謝……。

　　不過多了這一天假，麻煩來了：首先是各族的祭典不同，舉辦日期也不同，即使同族內，舉辦的單位也不同，有的是整族舉辦，有的是部落個別舉辦。賽夏族矮靈祭有南北之分；布農族一年到頭有祭典；阿

美族更多樣：七月初從最南邊的台東馬蘭阿美開始，由南而北，八月底至最北的花蓮奇美部落結束。因此，其實阿美族人是在不同的日子，在自己的部落裡舉辦豐年祭。那麼，這一天假要放在哪一天呢？且傳統文化祭典一般少則一天，多則五、六天，一天夠麼？

官方（原民會）的說法簡單俐落：祭典假由各部落以部落會議自行決定之。我們搞文化的人愛極了多樣性，企業主管則是恨死了「多樣」性（他們只希望勞工都像輸送帶「一樣」標準）。因此公司若稍大，一個不小心公司裡員工族群大融合，甚麼族都有，那豈不恰好一年從年頭到年尾大家輪流放。如果我們據理力爭更多的假期時，恐怕會讓人覺得原住民貪得無厭、得理不饒人。企業主管就更不敢聘用原住民朋友了。

古拉斯怪我把問題說得太嚴重了，祭典假不就是讓我們一年有一天假可以返鄉參加部落裡重要的文化活動罷了。我笑笑默認，囉囉嗦嗦說這麼多，只是想凸顯官方「祭典假由各部落以部落會議自行決定之」說法的過於化約。這麼好的政策卻以這樣簡單的收尾，彷彿爭到這一天假，族群文化多元之路即已達陣得分。

我們要讓大家知道的是：我們為甚麼要放這一天

假；而且，一天其實是不足的。但我們更要讓大家明白，我們爲甚麼可以放，又爲甚麼接受只有一天。因爲就意義而言，這祭典假，是顯示了一個社會中，族群相互尊重及自我文化認同的高度肯定。只一天，是綜合現實與寬容回應，接受其象徵意義重於實質。這一天的祭典假，實則爲社會全體的勝利與光榮。

但這都不是任何一個職員能平等地跟可以准假的老闆說清楚的，而是那些爭取與執行此計畫的立委與原民會的義務，他們必須公開向社會講明白的！兩年前的二二八紀念日，政府同樣地不知經過多少努力，才取得政治上的共識，特別是人民的認同後，才有的一天（紀念）假日。今天我們雖已爭取到這一天的祭典假，但卻沒有完整的配套措施與清晰合理的說明，將來即使爭取到更複雜、更難整合的「原住民日」（現僅紀念不放假），只會一再犯了：爭得了利益，卻將原住民形象污化與社會撕裂更嚴重的惡果。

一致與多元，單純與複雜的交互激盪下，往往呈現文化多樣性的趣味與意想不到的發展。我跟古拉斯說，你若想輕鬆享受這一天假，還眞要有福氣啦。

（二〇〇三年一月十七日刊於台灣日報副刊）

瓦歷司放煙火

　　山下資訊多，失業的瓦歷司從南投下山來我這兒看看有沒有甚麼工作機會。我只記得行政院有個九二一災後重建委員會，介紹他看看這個路徑有無機會。

　　他在我這兒混了幾小時，沒啥進展，倒是拿了一本由台中市政府文化局所著，名為「細細品味二○○一台中市戲劇藝術節成果專輯手札」的精裝書問我：「這裡有『行政院九二一震災災後重建推動委員會』指導的書，怎麼裡面完全沒有介紹工作或九二一報導的內容？」

　　我看了一看，是日前小李送我的「筆記書」。當它是「筆記」，是因為裡頭有二○○三年的年曆，空白處可作記事用；說它是「書」，是因為除了上半部的年曆、記事外，下半部的內容記述的是二○○一年（去年）台中市戲劇藝術節活動內容，書後還有國家圖書館的ISBN編號呢。仔細翻了一遍，唯一跟「九二一」有關的，僅在市長及局長序言中提及：九二一地震，斷傷我們的心靈，我們需要精神上的安慰及鼓舞云云。

這一問可把我問倒了，遂打電話請教深諳官場文化的老胡，想瞭解是怎麼回事。老胡聽了哈哈大笑：「這都不懂，就是主辦單位沒錢，找有錢的單位贊助啦！只要出版品外面的指導單位要掛上出錢單位之名、裡面要扯到該單位就是了。去看看前幾天的報紙就懂啦！」我趕緊再跑到圖書館翻翻「舊聞」，這才恍然大悟。

十一月三日聯合報「健保局公關宣傳費一年花二十三億」：

九月份剛調漲健保費的健保局被立委指出，健保局在「公關宣傳費」上，一年花掉二十三億七百二十九萬元。而這其中還有花在「高雄大學第一屆港都盃大學菁英辯論邀請賽」，以及已獲中油、台電數百萬元經費補助的「高雄燈會」上。立委指出：這些公關活動和健保究竟有何關係？健保公關費是否已成為另一種形式的「睦鄰經費」？

十一月八日中國時報「就業安定基金亂『補』一通」：

由勞委會所掌「就業安定基金」亂「補」一通，補助內容包山包海，竟然連龍舟比賽、慢速壘球、親子歡唱、烤肉都補助，申請單位從體育團體到宗教團

體都有。立委指出：這些就業安定基金補助款濫用高達千萬餘元，基金的錢未用在刀口上。

原來有時看到主辦單位跟舉辦活動內容毫不相關時，就是因為財政緊縮，窮單位找有錢的凱哥贊助。反正只要最後別忘了在成果上提他一筆就是了。

不過瓦歷司更有話說：「這本『書』記的是去年的活動內容，今年看有個屁用！更何況我們災民現在連工作都沒有，哪有甚麼心情看甚麼戲劇藝術，提昇心靈？」

這又讓我想起今年十月雙十國慶煙火秀的一份廣告摺頁。此次施放地點首次選在台中縣，縣政府大樂之下，大方印了一份煙火施放地點的交通管制進出摺頁圖，圖後所署指導單位果然又是「行政院九二一震災災後重建推動委員會」！再怎麼扯，我都想不透「國慶」、「煙火」與九二一災後重建有何相關？（只因為台中縣是災區？還是放煙火的阿兵哥裡有九二一災民？）

九二一是「國難」；錦上添花的「煙火」秀簡直就是劃火柴點燃幻想女孩諷刺悲劇。既然「行政院九二一震災災後重建推動委員會」這麼有錢，我建議為了掃除災區災民灰暗心情、提昇高貴心靈，明年九二一乾脆到南投災區放煙火！

不過一定要請瓦歷司來幫忙施放，讓他賺個一天
的工錢吧！

（本文刊於二〇〇三年九月十九日台灣日報副刊「非台北觀點」專
欄，原題名爲「九二一放煙火」。）

尤幹老師忙碌的一天

　　記得小時候作文題目寫「我的志願」時，寫的一直都是長大要當老師。可惜事與願違，畢業時成績太差，沒能考上師專。現在雖然有個穩定的工作，但心頭偶而還是會浮出這個願望來搗蛋。特別是這幾年上山回部落，看到活潑可愛的原住民小朋友及越來越棒的學校硬體時，更是嫉妒死了那些小學老師。在山上教書，所謂：錢多（加給多）事少（學生少）離家近（宿舍就在教室旁）；健康（空氣好）快樂（環境單純）沒煩惱（升學競爭壓力小）。

　　不過這個幻想直到上回跟著尤幹老師忙碌了一天後，就有些變化了。

　　那天一早上了山，原本計畫和村長談籌設部落教室之事，不料村長忙得昏頭轉向，竟忘了約定逕自下山開會去了。無奈之餘，靈機一動，索性到學校找尤幹老師，瞧瞧老師的教學生活，順便看看有無機會過過老師的乾癮。尤幹學校位於部落外圍，倚山面湖，九二一後校舍略損，但校務運作正常。學校每年級都是一個班，每班約在十人之譜，小班小校，袖珍健全。

老師正陪著同學早自習，大鬍子我一出現，立刻引這群不專心孩子的注意，七嘴八舌關心起我的鬍子。尤幹簡單介紹我之後，原本認識我的孩子早就衝上來玩起我的大鬍子。

珍貴的早自習時光自然就讓我給破壞了。

認識尤幹老師很偶然。那年主任辦了一場部落盃籃球賽，我剛好上山來，自告奮勇加入伊拿谷部落隊參賽，小部落人才少，狼狽敗下陣來。一位基於地主之誼，巴魯卡灣部落隊的尤幹老師前來「慰問」我，直誇說我的球技不錯、可惜團隊默契差云云。當然這是客套話，正想推辭這個勝利者無謂的誇讚時，突然一句「曾經看過我的文章，寫得用心感性」入耳，大大溫暖了我的心。好，當下便決定稍微原諒佔地主之利的勝利者。後來，不論我上山他下山，總找機會碰頭聚聚，關心部落、討論文化、聊孩子、談理想。就這樣，與尤幹成了好朋友。

第一堂是國語課。上課前我看了課表，在份量上，國語、數學算是主科，幾乎每天前兩堂不是國語就是數學。我在最後一排找了座位坐下，掃瞄一遍教室：黑板上寫著缺席二人，上課的共有八人，男女各半，其中大多是原住民，尚有少數一兩個平地孩子。胖胖的吉娃斯是村長的女兒；愛游泳皮膚黑得像布農人的阿維；早熟如徐若瑄的美人胚子達芭斯；扯我鬍

子最兇的是拿武；戴個眼鏡的是在此地承租茶園，常請我泡茶的平地人張先生大兒子鐵木（順應山地文化，張先生也給孩子取了個泰雅名）。同學竊竊私語、指指點點，並不斷地回頭嘻望，拿武甚至趁老師寫黑板時站起來轉向我，鬥雞瞇眼，雙手扯拉嘴唇，伸出個大舌頭向我作鬼臉。正當同學笑出聲且尤幹回頭時，拿武早已回身坐好，安全滑進本壘得分。

今天尤幹老師帶他們讀杜牧的「山行」一詩。絕句意境優美，我想，悠悠寒山，白雲深處的小徑底，不就是現今部落裡一戶戶花紅葉綠家的寫照？朗朗讀書聲，這些有口無心的孩子，知道自己的幸福、明白自己的優勢嗎？文學貴在欣賞與領會，同學輕鬆地上完一堂課。下課鐘響後，尤幹跟我說，原住民小朋友對中文吸收不佳，回到家裡家長又大多說母語，對他們來說，學國語像是學第二語言。調皮的巴掃聽了尤幹老師如是說，大聲地回應一句有趣的話：「我 YaYa 說，我們的國語應該是泰雅語啦！」

尤幹老師年輕有為，師專畢業後就在仁愛鄉山區原住民部落的學校服務，八年來有五年都在南投縣托魯閣群的部落服務，三年前換新環境調到巴魯卡灣這兒。他說他喜歡原住民，純樸、樂觀、自由。他更喜歡原住民學生，奔放而又有潛力。「他們充滿了無限的可能性。」尤幹欣喜地道。

第二堂就不好過了，是數學課。基本上，數學是原住民較弱的一環，漢人對數字會熟悉些，原住民面對數字像是面對自然，過於鬆散隨意，所以常吃虧。孩子們不專心地看著黑板、書本，似懂不懂聽著尤幹的演算講解。這些我們大人看起來簡易的數學算式與觀念，在我們小時候卻也曾深深困擾著我們，但此刻我們都同意：數學、數字在日常生活的重要性，因此都積極要求孩子對於這些生活必要知識的學習。這也正是文明與現代知識的可貴之處。我在後面看著尤幹老師孜孜講解，再望著孩子蒙昧的表情，希望這些部落未來的棟樑，將來不要再發生類似五瓶米酒換一分地的悲劇故事。

　　上午有個課外活動，各年級自行排定課餘學習，尤幹班上原本排定的是樂器學習，不過你可以想像到的，它又成了認識鬍子叔叔的嬉鬧時間。

　　尤幹與我閒聊，他贊成原住民加分政策（正確說應是降低錄取標準），他並不是因為同情原住民學習環境較差的緣故，更不是同情弱勢的鄉愿，而是認為考試制度的不公平。他說：「考試的內容與方式，都是漢人的模式，這些模式不適合也不利於邊緣文化。」我懂他的意思：如果考試的「方式」非漢語書寫，而是口試、實作，我們原住民也許還不輸漢人孩子；「內容」如果考的是音樂舞蹈、體能競速，甚至農作畜牧時，原住民會略勝一籌；如果評定成績的「目的」，

是以健康快樂為目標時，原住民必定是大獲全勝。

　　但無奈的是，我們的社會仍然用現行的考試制度作評定標準。他們並且認為，加分之舉是幫助弱勢，是同情憐憫。有不少人還因「榜首」被「少數」原住民以加分奪取時，而考慮廢除加分制。我贊成廢除，但同時也贊成廢除考試，或者改變考試的型態，這才是真平等。

　　三、四堂自然課。自然科有科任老師，科任的吉洛老師也有服務原住民山區多年的經驗。吉洛教學認真，精心設計的自然教室裡，牆面掛有各式自製生物圖表照片，也製作了許多本地種小型生物標本，供孩子探索。這兩年與孩子們養了一大群甲蟲、蝶、蛾等生物，讓他們在課堂中實際參與和深入觀察生物的成長過程。小朋友進了自然教室顯然很興奮，因為他們除了有各式實作教具外，還有自己養護的鍬形蟲幼體，他們熟練地觀察與記錄，彼此交換心得，這些都是吉洛老師指導下，他們自己去蒐集、裝罐的呢。

　　吉洛也是登山好手，幾年來他將仁愛鄉境內部落周邊的中級山一一爬遍，部落附近的山頭、溪谷、獵徑像是自家的後花園。他在山上蓋工寮，也在樹上蓋樹屋，為的是更自在地生活在自然裡。吉洛也帶孩子入山採集植物標本。山區的植物有著相當高的多樣性，吉洛帶孩子進山裡的自然林採集植物，並將它們壓製成標本，書以學名、俗名，並清楚記載採集日期、地點，有時還訪

問部落裡的老人，記上族群傳統之名以及傳統用法。這些標本除了成爲學校教材的一部份外，帶孩子親身至田野中採集與認識植物，更給孩子活生生的自然學習。

　　吉洛認爲：童年教育本應提早發掘孩子的特質與專長，而原住民孩子的性向與成長環境又特殊，如果一味地循傳統方法施教，不但可能事倍功半，甚至會抹煞其珍貴的特質。所以他建議，原住民教育應多開發本身具有優勢的路線，並且以多元活潑的方式引導，才不辜天賦異秉，在自我成就與社會競爭上取得平衡。

　　吉洛覺得，原住民孩子長時間與自然相處，對於自然的觀察與瞭解比平地孩子深刻得多，敏感度也較佳。他進一步建議：原住民教育可以考慮往這個本身具有優勢的方向發展，未來可以在自然保育、生態解說、山區嚮導路線上一展長才，周邊延伸如園藝改良、森林保育、自然經營管理等發展也有助益。

　　吉洛老師有一間小的自然教室，而自然就是一個大的天然教室。我想，好老師、自然教室與自然教學法，應該就是我們部落的特色與優勢了。

　　快樂時光皆飛逝，鈴響後是營養午餐時間，孩子們忙著就定位準備午餐。尤幹可沒閒著，我在辦公室找到正在批改作業的他，一同進了餐廳。今天是三菜一湯，雖不豐富，倒也乾淨清爽。主任說：這比起他們家中不穩定的晚餐可好多了。他還說，鄰村學校孩子的

家長，常交不出午餐費，學校只得往外到處求援，營養午餐辦得焦頭爛額，這兒能辦出這樣的菜色，不錯了。

　　話匣既開，我與尤幹又聊起來。尤幹認為現在真正繳不出午餐費的人固然是有，不過那是極少數，例如父母離異，孩子交給阿公阿媽的隔代教養家庭，阿公阿媽沒有生產力以致無法按時繳交。最主要的原因還是家長外出工作無法及時繳交。此外也有人是抱著拖拉的態度，甚至等待補助的心情延遲等等。我覺得原住民經濟除患寡與患不均外，有些人心理上也出現依賴補助與自殘現象。社會補助，成了族人的嗎啡。

　　下午第一、二堂是師生都熱愛的美勞課，孩子們自由地在色彩造型中發現與遊戲，老師亦不像上國語數學課時，憂心忡忡地希望小朋友多記憶與勤驗算，因為美勞課沒有對錯之分，最高目標就是探索、完成自己。除了有時要做美術小報告，與上臺發表鑑賞心得的小小緊張外，從他們上課的表情中，看得出來，他們多麼陶醉於「手腦並用」的天地裡……幾個跑過山區學校義務服務的藝術工作者，曾向我大力讚賞原住民孩子創造力：大膽的色彩、顛覆的結構與衝創的能量，處處展現原住民原始天然（不受壓抑）的藝術（創造）天分。我看著這些孩子，這裡面可有多少個撒古流、哈古、阿麥呢。

　　最後一堂是體育課，在教室裡乖坐了一整天，能有一堂可以大大方方奔放四肢的課程，真是再美好不

過了。尤幹拍拍我背說，上吧，這會兒你真正有資格上場當老師了。尤幹老師觀察，對於從小就習慣在山林間暢遊的小朋友們來說，體能和協調都不成問題，但是現代體育要求的一些技巧、遊戲規則與身體知識，的確能開發人類深藏的一些潛能；尤幹並認為體育課不只要玩得痛快，還得內化一些其它體育技能，所以，課程的設計便期望快樂與學習兼具。我看到小拿武在操場上，一邊延展拉筋一邊喊痛，但從他專注的眼神中，我知道他樂在其中，且必能發揮更多的潛能，累積更豐厚的實力。最後十分鐘，尤幹老師開放我與孩子們籃球鬥牛，孩子們這會兒可放肆打球了。他們看我進了幾球後，開始拿出看家本領，全心全意對付我起來，抱大腿、咬人、搔癢、抓頭髮的戰術全出爐。課堂結束時，幾個男生拉著我的手，央求我明天要再來。

　　詩人瓦歷斯分享他剛回部落學校的經驗，開始他摸不著頭緒，無法深入孩子的世界。後來他發現，山上孩子活躍好動，運動神經先天發達，有著用不完的體力。於是在放學後舉辦籃球三對三鬥牛賽，假日更為孩子們安排正式比賽，孩子漸漸喜歡親近他，他也才藉此慢慢進入孩子的心靈。他說：「方法有很多，但你必須找到最適合他們的。」

　　下課後，學生家長大多不會立刻來載學生，尤幹會陪他們等一下，同學可繼續留在在操場打球，課業

進度落後的同學，就趁這空檔拉來個別輔導。其他老師有的跟著打球，拉近師生關係，有的則跟同學聊天，進一步瞭解同學的家庭近況及其心理狀態。

　　尤幹觀察，原住民孩子的資質其實並不差，但跟平地的孩子比起，總體競爭力還是稍嫌不足。國小畢業後，升學狀況也不理想。他認爲，問題大多是家庭教育的配合問題。我完全同意這個觀點。依我觀察，現下各部落小學的硬體及師資，絕不輸平地小學，甚至還佔有小班精緻的優勢。競爭力不足，其中原因雖多，但顯然最大關鍵確實在於家長配合的問題。我們都知道，在過去，原住民社會的教育程度普遍低落，家長無力陪孩子溫習課業，再加上部落經濟不振，家長大多從事體力勞動的工作，下工後實無過多的精力再陪孩子一同學習。因此孩子們放學後，回到家裡只能自求多福，自力救濟，課業有問題不奢求能解決，只求功課做完。學習障礙不解決，久了自然就累積成痾，影響學習意願。所以即使有好學校、好老師、好的學習場所，回到家後，卻又荒廢掉了。

　　晚上還有課呢！不過尤幹不是當老師，而是當學生，而且是坐在早上是自己的學生當中，一同學習母語課。任課老師是學校從部落聘請來的耆老瑪洪，七十幾歲的瑪洪可不是等閒之輩，編過文化教材，做過編輯顧問，還是通過原民會母語檢定的正式母語老師哩。

來上課的孩子並不多，不能來的大多在家裡做家事、帶弟妹，能來的，大多是父母親的鼓勵。瑪洪講課並不要求形式，讓孩子們隨便坐隨便聊。他操著不流利的國語，一字一句地慢慢講解，孩子們輕鬆多了，但似乎學得很起勁呢。

　　我坐在尤幹的旁邊，跟著老人一句一句地跟唸母語，「Alang」──「Alang」、「Belugawan」──「Belugawan」……經歷了這一天，我想我的老師夢是破滅了，不過卻意外歸納一個心得：老師的學識、學歷固然重要，但一個好的小學老師，教學的熱忱更重要！高中與大學生，大多有一定的吸收能力，只要老師貨真價實，技巧與方法或可忽略。但在小學，有能力還不夠，最重要的就是熱忱，要真正有愛心、有耐心、愛孩子、愛教育，才能成為好老師。我偷瞄這位來自平地的單身老師，忙碌了一天，現在還得下來做學生，只見他除了勤抄寫黑板上的拼音字母外，不時也頻頻觀察周遭孩子的學習動靜。

　　下課後與尤幹道別，在滿天星光閃爍的夜空下，我在山路蜿蜒的歸程中回望部落，彷彿還看見桌燈下一位批改作業簿及為明天備課的身影。

　　「Mehuaisu valai Yukan！」（辛苦了，尤幹）

（原文刊於二〇〇三年七月十六日、十一月十九日與二〇〇四年一月二日台灣日報副刊「非台北觀點」專欄，經綜合改寫而成。）

鐵木參加母語演講比賽

　　一個天微亮的清晨，擾人清夢的電話聲大響，惺忪間接起，電話裡的稚音中，傳送一股緊張與急迫的口氣。原來是山上鐵木的求救電話，學校要派他參加鄉裡的母語演講比賽，希望我能提供一些資料。

　　洗把臉稍有清醒後才想起，電話中的他與印象中那個在溪流中魚躍翻騰、海闊天空，直至日落西山而屢喚不回的鐵木不同。鐵木活潑好動，精力無限，爬山、游水樣樣行。每每在返回部落的途中，挺身而出代表一群濕答答的孩子央求我明天再帶他們來玩水，我問那上課怎麼辦，他說你去跟老師說，「我哪敢」，「那就不要講了，直接去……游泳很好，讀書不好。」

　　部落裡族人做事總這樣，平時蠻不在乎，東晃西晃的，非等到火燒屁股時才找救兵，鐵木也是這般學來了。沒法子，只得配合先救火，在圖書館仔細挑選大半天，趕緊印了些資料寄快捷給他。

　　比賽那天，特地請了假去幫他加油。參加比賽的孩子很多，有些村甚至有數個代表參賽。孩子們嚴陣以待，個個穿上族群傳統服飾出賽，有的人頭飾、綁

腳都出籠了。家長興奮地一邊忙著整理孩子的服飾，一邊與鄰村好久不見的老友閒聊，好不熱鬧，現場感覺倒像是學校的母姊會。

陸續上場的孩子表現有好有壞：講得好的手舞足蹈，神采飛揚，稍差的就東拼西湊，有一句沒一句的；有的孩子講到一半，就真給忘了下文，傻傻站在台上雙手猛搓、東張西望，緊張中又尋不著母親（老師）的協助，支支吾吾地卡在那兒，搞得全場尷尬萬分。遇有精彩內容者，老人頻頻點頭稱許；說錯話或有笑話時，旁聽者也會哈哈大笑。雖說是比賽，過程卻一直在歡樂融洽的氣氛中進行。

鐵木沒有選擇我提供的資料，講了一個從祖先起源到射日、打獵、織布，生活文化雜燴式的故事。他在演講時表現得很專注，不時還會僵硬地搭配手勢，母語雖然下了些功夫，但顯然還是有點結巴，總體講來還算順暢。說完下台一鞠躬，全場掌聲就我跟嫂嫂拍得最大聲。

比賽結束宣布結果，不出所料名落孫山。

雖然心裡想，比賽不要太計較勝負，交流學習最重要。不過仍免不了事後杯葛一番。我跟嫂嫂說，臨時抱佛腳怎會有好成績？此外，鐵木選的題材可能也太平凡了，沒有抓緊主題及凸顯在地特色。嫂嫂則不平地認為，裁判也是關鍵，鄉裡頭泰雅族有三大語言

系統，各系統下還有系群間些微的方言差異，兩三個裁判如何評審這麼多樣的語言呢？「如果是講國語比賽，你會習慣聽我們講得怪怪的國語嗎？」嫂嫂這樣比喻。

其實最重要的是，語言生活世界的瓦解！在部落裡，除了老人家忠實地守著這語言的城堡外，誰還主動開口跟孩子說母語呢？當母語不能成為生活的主要語言時，又怎麼說得好呢？

甚至，當母語不在成為生活的語言時，辦比賽還能有多少幫助？

載鐵木回部落的山路上，本想說些勝不驕敗不餒的廢話來安慰他，卻發現他似乎不是那麼在意，一路跟著金曲獎得主陳建年歌聲的旋律，輕輕哼唱著。一卷唱完，我再換張惠妹的帶子，唱得更起勁了。

學唱國語歌似乎比學習母語要容易得多，我想。

（二〇〇二年六月二十日中國時報人間副刊）

巴萬的部落教室

1

我們細數著老人家臉上的紋路，希望從中看到積累
的智慧。

我們翻閱著外面的人寫的歷史，心想：這些故事應
該是自己來寫的。

我們的部落教室，是部落自主的公共學習空間，是
傳承文化與部落發展的對話平台，更是建構部落知
識體系的機制。

——二〇〇二重建區民族學院

　　第一次聽到「部落教室」這個名詞，是從排灣陶
藝師撒古流那裡聽來的。初見撒古流是在台北一個原
住民藝術展中。他頭紮布巾、腳穿布鞋，蹲於角落一
隅，專心地觀察作者的展品，不時還抽出筆記，描寫
特徵與記錄心得。這位皮膚黝黑、眼睛大大，身材矮
瘦，卻懷抱著雄壯的理想。後來他回到屏東部落開了
一個陶藝工作坊，專門培養部落孩子製作陶藝的工
藝。這個工作坊可能就是部落教室的濫觴，他那句鏗

鏘有力的名言流傳至今：「不要讓孩子忘記祖先的技藝。」

這兩年屏東和花蓮不少原住民社區正在發展所謂「部落大學」，鼓勵族人加入終身學習行列，九二一後不少災區也組織了災區「民族學院」。辦學校、社區大學揚起的終身學習之風，蓬勃地吹向全台。電視裡那則新營賣牛肉麵阿銘要辦大學的廣告，將小人物大理想的形象塑造成功，家喻戶曉。現在已有許多懷抱理想的小人物，開始認真思考如何實踐一些個人能力所及的工作，成就不在大，有誠則靈，他們本著無求的奉獻精神，認真思考社區真正的需要，創造更多、更好的社區教育空間。

2

巴萬老師與我都非常關心部落教育的問題，上次回部落時他告訴我，謀思多年的部落教室終於要完成了。巴萬的長相有著漫畫家筆下原住民的特色：兩頰削瘦、雙眼深凹、四肢細長，承襲到老祖宗吃不飽、營養不良的傳統形象。但在瘦頰的雙眼裡，卻射出精邃專注的眼神，有著那麼一點林肯式憂國憂民的表情。

他的教室蓋在部落外圍的山坡上，曲折而又高低起伏的小路僅容一部車通過，車行緩慢而又塵土飛

揚，「我不希望人家在部落裡面開快車，所以故意不舖柏油的啦」巴萬說。小型停車場在教室後方，右前方是公共廁所，正前方建個矮棚，棚子做甚麼用？當然是烤火、烤肉的活動區，「不烤火就不像原住民」巴萬哈哈大笑說。教室入口處豎個大牌子，上面寫著「布卡山」。

　　教室分左右兩大間，右邊七、八米見方大教室是聚會、吃飯、聊天的地方。四面牆都掛滿各式各樣的原住民海報，其中有一面是「書牆」，「我喜歡書，也希望族人都喜歡書，誠摯邀請喜歡書的族人常來我這裡看書。」在學校服務的巴萬自然不脫書生個性如是說。左半部聚餐用的大桌可坐下一二十人，大桌旁還有泡茶專用桌。右半邊榻榻米上，放有搗米用的杵、臼；打魚的魚槍、魚簍；揹負用的揹籃、網袋；出獵的蕃刀、弓箭等各類生活物質展示品。此外，還有傳統服飾之泰雅短衣、頭飾、綁腳、披布織物；靈氣活現的大冠鷲、山羌、飛鼠等數件鳥獸標本。地上則置有一組全套完整的傳統泰雅水平腰帶式織布機，一條布匹及完整組件在其中。這間教室簡直就是一個小型泰雅博物館。

　　左邊的大房間更有趣，裡頭除了兩三間大通舖及小房間供族人或遊客住宿用，還有卡拉OK伴唱機。「我的部落教室不僅是上課用，也可以拿來喝酒、住宿

用，還可以用來休閒娛樂呢！」巴萬說完得意地笑著。他觀察用心，掌握到原住民無法逃脫的基本族群個性，深知部落教室不能走向嚴謹刻板的教育方向，而是自由開放的引導方式。「部落教室只是一個名字」巴萬說：「我的布卡山是工作室也是休閒農莊。」

外頭也熱鬧，他在門口種了櫻花、山桐子與八角金盤等植物。「這些都是我的精心設計哦」。喜歡賞鳥的人有福了，原來這些都是誘鳥植物，除觀賞外，還可吸引不同鳥類前來覓食。停車場旁建了一間「動物園」，裡頭養了一些豬、狗、兔家畜及雞、鴨家禽。「原住民傳統知識的特長就是自然知識。」他還說：「所以部落教室不一定是在教室內上課，原住民真正是要在戶外上課的啦！」除此之外，他說還要到附近去找個礦物的教學環境，然後「才是人文、植物、動物、礦物兼具，名副其實的『生態教學』中心。」最近巴萬在調查舊社時，還在山谷底溪流旁發現野溪溫泉，更增添了休閒的用途。「我這裡是百貨公司，應有盡有、琳瑯滿目。」

「布卡山」原來就是下方溪底舊社的名字，數十年前大水將部落沖走前，還是泰雅族中響噹噹的部落。巴萬用布卡山來懷念祖先，並延續紀念一個歷史名詞。

黃昏時我們邊烤火邊聊天，我問起附近舊部落的

狀況，巴萬毫不猶豫站起來指著北方山谷下方，流利地唸起：布卡山（Pkasan）、布拉路（Bularu）、柏青固（Bechingun）、德布灣（Debuwan）、波阿倫（Bualun）、柏利勞（Belilau）、樂格勁（Legeigin）、馬赫坡（Maheipo）、柏利寶（Belibau）、給勁（Geicin）、斯克（Suku）、西寶（Sibau）。將眼前視界內濁水溪兩岸，自北而南所有的泰雅族新舊部落一口氣地唸完。還未待我完全記下，他又進一步解釋：布卡山是「溫泉地」、「波阿倫」是霧社事件起義六社之一、馬赫坡是「莫那‧魯道」的故鄉、給勁則是「背陽處很冷的地方」之意。此地一草一木，他都瞭若指掌，這不就是謂鄉土教學所追求之在地化、深度化！

下山後最難忘的是與巴萬的那段對話。巴萬部落教室裡字畫甚多，最吸引我目光的是一帖蒼勁的書法：「這是最好的時代，也是最壞的時代；這是智慧的時代，也是愚蠢的時代……」巴萬告訴我這是他最喜歡的一段話：「我對這話很有感動，原住民現在的處境正可說是最好的時代，但也是最壞的時代。」

我非常同意這個觀點：我們從百年前才開始漸漸脫離漁獵採集的傳統模式，漸漸接受現代文明生活，在物質生活上，比起漢人可謂是空前的轉變。這也難怪我們常在部落提倡恢復傳統文化活動時，年逾七八十的老人總在讚許之後不忘提醒要珍惜現在的成果。

但同時，我們珍異優秀的傳統文化（很無奈的，也包括物質生活），也面臨前所未有的消失危機。在態度和行動上，更多的人意識並開始文化保存工作，但這正也反應了現實的嚴重與急迫，悲觀的是，似乎我們再怎麼努力，也不能稍緩文化消失的速度（即使加上知識、科技）。我們做的，只是對自己負責，對歷史負責。

我安慰自己並不確定地回應巴萬：「這雖是最壞的時代，卻也可能是最好的時代。」

3

部落教室的出現，來自於部落本身在教育體制現代化過程的需求。原住民知識傳遞的傳統方式是親族相傳、口傳身教的方式傳授，也常不預設特定的教育空間（鄒與卑南過去雖有所謂「會所」的教育場所，但今日其大部分的功能早已瓦解）。例如打獵的時候便在獵取生物的獵區教授獵取技巧；天候自然變化時隨機教育自然知識；有時候唱首歌就可以傳述一段部落歷史。這種方式雖然原始而浪漫，但在現代化的過程中，傳統方式逐漸式微，新的教育方式與空間，被迫因應變遷而調整改變。

這個空間與方式，既不是完全放棄傳統，也不是順應現代而接收既有的模式。它需要我們不斷的摸索

與溝通，當我們在摸索與嘗試的過程中前進時，一方面我們凝聚了部落的意識，拉近族人之間的距離，一方面我們更深植了主體性的價值，確實取回主權發聲。沒錯，我們的故事，應該我們自己來寫！

當代教育空間是學校，但制式（主流）教育常忽略了現代與傳統的調和、學校與家庭的連接、老人與孩子的傳承！部落教室就是要扮演這樣的橋樑角色。它除了在完成教育的使命外，還可重建部落倫理與文化，邀集不同甚至對立的角色交融。

部落教室首要的功能是教育，教育對象與教育方式完全得看部落的特質與需求而設定，這也就是部落教室與體制教育最大不同的地方。如果你的部落編織強，就可以考慮往編織發展；如果你們覺得自己的歌聲美，可以建立一個合唱班；如果你們木雕精，就讓它成為一個木器廠吧。因此，我們可以將部落教室發展成任何可能的形式。如果你發現部落實在沒特色，那就先請老人來說說故事，請小孩來打打電腦，讓它也成為生活與思想交流的空間。

關於課程的規劃大致可以往部落史、祭典、母語、風俗、傳統工藝與藝術等文化性質的「文化類」；自然資源保育、經營、管理、生態保育、景觀、嚮導的「自然類」；觀光、農業、產銷的「產業類」以及法律、教育、醫療、個人成長、生涯規劃

「成長類」各路線，依部落需求及特質發展。

我們期盼部落教室也可以是文化產業的製造與輸出中心。文化產業基本上是一種知識經濟的典型，成功的文化產業即是以知識的實力為基礎，它是一種善用族群生活文化中珍奇的特殊性，提升部落至一個安定健全的新文化生活，它所創造的利潤不僅是看得見的物質，更重要的是無形資產的積累。

經濟是生活的基礎，因此，部落教室既然可以是所謂建構部落知識的機制，它當然也可以扮演經濟發展的推手。如上述「產業類」課程的規劃，即可提供族人對改善經濟資訊與知識上的需要。我們相信，以文化、精神架構在經濟生活為基礎的經濟下層論觀點，來看原住民社區，部落教室在經濟生活的路線上發展的比重，恐怕是超過我們的預估。誠如達瓦蘭部落排灣族人撒古流・巴瓦瓦隆意圖創造一個生生不息的部落教室時所期待：「部落教室主要負責提供居民進行出「傳統文化之保存及創新教育氣象，收穫的成果可以維持居民的生計……將傳統生計提升為經濟產業。」

最後，有人看部落教室應是社會福利的一環而大力疾呼應取得國家的補助，並希望成為穩定的年度預算。這是我們所樂意見到的，但吾人懷疑，部落教室一旦取了公費會不會成了公制或政治酬庸的工具？與

其期待公共資源的挹注，不如專心致力與族人討論部落教室的形式與價值。部落教室是部落的基本單位，部落教室成功了，才有可能進一步談民族學院、社區大學。我認為：與其設立大名而空洞的學院體制，不如好好建立起我們的部落教室；只有投入基礎工作，才能在新社會的教育體制，尋走一條成功永續之路。

4

我仍念念不忘，我們原住民現在到底是最好的時代還是最壞的時代，以前我總模糊以為這位透視人類局勢寫下這驚世之語的人，是某位總統或哲學家。當我查知寫出這段智慧話語的人，既不是政治家也不是哲學家，而是一位小說家時，我不禁為之振奮——文學家卓越的視界。

這是十九世紀巨著「雙城記」作者狄更斯（Charles Dickens 1812-1870）在該書起始的一段話：

那是最壞的年代，那是最好的年代

那是智慧的年代，也是愚蠢的年代

那是信仰的年代，也是懷疑的年代

那是光明的時季，也是黑暗的時季

那是有希望的春天，也是絕望的冬天

……

觀察當代原住民社會的境遇，我細細回味並聯想

這段話的某些意象，不禁訝異過去與現在、西方與東方有著如此高度相像。有時候我們欷噓社會的疾速變遷；有時候我們卻又更驚訝某些真理是如此亙古不變。

我們的前途有著一切，我們的前途什麼也沒有
我們大家一直走向天堂，我們大家一直走向地獄

總之，那個時代跟這個時代
如此相像

我們將走向天堂還是地獄，端賴我們如何面對與處理。我祈禱巴萬的部落教室能導引族人在最壞的年代，走向希望的春天。甚至，更期待將來自己也能在部落裡蓋間部落教室，一間比巴萬還棒的教室！提供一個現代的教育空間供族人們思考，如何接下祖先交付的歷史之棒，如何走向未來、走向春天。

（原文刊於二〇〇三年八月二十七日台灣日報副刊「非台北觀點」
專欄，本文略經擴充與修潤。）

部落老楊返鄉

　　好久沒去Wulei部落舅舅那兒，清明節特意約了舅舅一同掃墓。到了墓園眼睛一亮：橢圓形的墓園四周開滿五顏六色的野花，花韻猶存的櫻花與聖誕紅，伴著正盛放的雛菊、杜鵑、孤挺花……繽紛的色彩倒有辦喜事的氣氛。原來舅媽去午植了些花草在墓園周圍，舅媽說，以後掃墓不用再摘花來插。我想舅媽應該可以得個環保創意獎。

　　Wulei是溫泉之意，我們Wulei部落是隔壁馬卡納奇大部落所分出來的小社，現有十來戶，長駐人口總加起來不過二十出頭，還不及以前一個布農族傳統大家庭的人多呢！部落雖小，但族人間的生活是患難相助、相濡以沫。星期假日沒事，大家就聚在路旁那株九重葛蔭下聊天，這禮拜誰回來了、誰出去了；那家收成好、那家有狀況；甚至誰家的雞生了蛋、狗生了病，一週生活大小事，都在樹下分享。

　　今天輪老楊主講，因為他剛從大陸探親回來。他說：老家回去了幾趟，越回去越沒意思，要不是想到爹娘的墓好幾年沒回去掃，還真懶得回去。

老楊領的是終身俸，士官長退役，半年僅領得十來萬，雖然山上消費不高，但總得省個幾年才能夠風光地「衣錦還鄉」。他回憶十多年前剛開放第一次返鄉的盛況：「那可不得了，親友一個個冒出來不講，城裡頭領導天天來請吃飯。我老家靠江邊，每餐有甲魚、活魚，一個禮拜下來，吃到有點膩了。」老楊說得口沫橫飛。

　　老榮民返鄉常揮金如土，有人笑他們是冤大頭，我倒不同意，持平而論，台灣生活條件好些，濟助親友一些，也是應該的。本省有句諺語：「吃果子拜樹頭」，不就是這個意思嗎？

　　禮貌地說，我應該稱他楊伯伯。楊伯伯比父親大兩歲，來台多年後，眼看領袖的反攻大業無望，又看著部隊同袍一個個結婚生子，遂也跟著決定在台灣落地生根。他與父親有志一同，娶了山地姑娘為妻。父親當年帶著母親下山，跟著部隊東奔西跑，退伍後在台中定居；楊伯伯則想圖個清靜，竟跟著老婆跑上山隱居起來。他的理由就像他常說的：「山上沒啥好，就是空氣好，唉呀，這個空氣好啊，甚麼都值得囉。」

　　楊媽媽過世後他也沒離開部落，這一待就待了四十年。部落裡族人早已將這個落地生根的「Deilu」（外省人），看作是Daiyan（泰雅）了。

　　我問他大陸現在還有親人嗎？哪有啥子親人！爸

媽叔伯早死光囉，只剩個妹妹的女兒還在，還嫁到隔壁的庄子呢。返鄉是返鄉，莫得親探，他說。

我問他，那還回去幹嘛？他說：許多親戚雖然不在，但畢竟是出生與成長的故鄉，睹物思人，窗前開的梅花似乎還有幾分舊時的模樣，胡同裡賣的炕餅彷彿還有記憶中幼時的那股味兒。「返鄉，有時就為了享受這一點小小的喜悅。」

記得小時候父親帶我們回部落省親，一定會找這個老鄉喝兩杯，現在看到老楊，閉上眼睛，都會浮出他倆乾杯的畫面。那時還小，在大人身邊尋些花生、豆乾甚麼的吃吃，插不上話，只記得他們常聊些軍旅軼事或家鄉往事，時而高亢、時而悵然。

回想這對異鄉故人對酌的景象，有點豪情，還有些悲壯。父親都走了多年，老楊卻仍不顯老態，家裡頭除了那說是用來看門，實則是老伴的兩隻土狗外，還養了一園子的雞，外帶幾籠小白兔。園子裡種滿青菜，偶而也幫族人採收香菇。真要忙，可有事作呢。

在部落，過的是悠悠南山的儉樸生活，到老家雖可適應鄉下清貧的物質生活，但兩岸生活文化與價值觀已略有差距，「住沒幾天，倒懷念起這裡山上的生活。」他說。

「這幾年回去的人多，大家見多了，就沒啥新鮮感，這幾年大陸全力拼經濟，搞得還不錯，生活水平

提高不少。大家看我，挖不出甚麼寶，再加上沒親沒故，現在回去已沒啥人理我囉。」

以前老楊去埔里榮總看病都不過夜，說是怕老狗，小雞餓著了，「捨不得這些畜生。」他說。返鄉這幾天，這些寶貝全託Yaki Dabas餵養。「人老了，外頭住不慣，再舒服都沒老家好。」老楊下個結語。說完便走向那雞飛狗跳的老窩，口中還喃喃自語：「還是山上空氣好，多活幾天算幾天，不知道甚麼時候就換人家掃我的墓。」

「Bla Gian Galang Wulei Hia」遠遠地從雞狗聲中飆句母語出來，舅舅聽了哈哈大笑對我說：「對啦，還是山上老家好！」

（二○○四年四月七日台灣日報副刊「非台北觀點」專欄）

樂天的球迷寶奧

　　寶奧曾說他是忠實的職棒球迷，因為每週至少看兩三場球賽，而且都會看完整場球賽。我一直存疑，直到那天陪他去了一趟澄清醫院，才確定他真是忠實球迷，因為他每週一三五確實都乖乖地躺在醫院，每次一躺就四小時，而且他選的時間就是六點至十點的球賽時間。

　　一列六床有四、五列的床位上躺滿病患，有人小憩有人聊天，有人閱書有人看電視。人人都有自己專屬的電視，特製的小喇叭就放在枕頭邊，患者躺在床上就能輕鬆地仰望六十度看電視。不過大家姿勢一致的就是左手伸直，平躺床上，讓身上的血液流進流出，四小時。

　　洗腎真正的說法應為「血液透析」，簡單地說就是利用機器排除血液中的毒性。細細塑膠小管插入已擴充的血管中，鮮紅的血，在血管與「血管」連接的迴路中流動，LED螢幕看來高級精密的洗腎機發出輕聲的小馬達運轉聲。平躺的病患，安詳的表情，安安靜靜。

其實寶奧在心臟手術之前，身體壯得像條牛。退伍後跟幾個同學下山來到台中討生活，學歷不高，東做西做，後來固定做了搭鷹架工作。八、九〇年代經濟高飛，建築業大行其道，當時寶奧一班人搭鷹架論件計酬，每個月至少都能賺上八、九萬塊。賺錢容易花錢也快，六、七年的苦力收入並未存下甚麼錢，反而賠上身體的健康。白天工作筋骨過勞，晚上本當休息調養體力，但年輕人不注意這些，反而集會聊天喝酒，有時喝酒過多，晚上未得足夠休息隔天繼續工作，體力兩頭燒，身體於是搞壞了。

　　寶奧解釋，本身也不是那麼愛喝酒，只是白天體力操勞，需要解放輕鬆一下，除了看球賽，最簡單的方法就是喝酒。特別是與一起下山的原住民朋友。兩杯下肚，很快就唱歌跳舞。

　　我覺得他們是相濡以酒、相呴以酒。

　　大約在十年前他開始發現患有風濕性心臟病，醫生建議要開刀，手術後又發現肝臟腎臟都有點問題。當時手術算是成功，醫生說裝上的金屬心室瓣膜大約能維持十年，如今超過十年仍運作正常，他對此非常滿意。不過這次心臟手術略傷了身體與元氣，其他內臟開始頻繁地到醫院醫治。手術後體力開始下滑，幾乎無法勝任稍勞苦的工作，大約半年後，腹部也發生「臍疝氣」的現象，於是再動了一次手術。多次開刀手

術，加上此次手術出狀況傷及腎臟，造成腎功能退化，從此必須固定到醫院洗腎。

去年SARS流行初期，寶奧有次在洗腎期間發生一次驚險事件。那天他正洗腎，突然感到一陣暈眩，就休克了過去。醒來時窗外正下著大雨，雨水飄滲進屋內，病房內就只他一人，然後他發現自己全身都長了長毛，想用手扯扯是怎麼回事，但全身都被固定住，根本無法動手整理。最令他不安的是，牆上一道一道的裂縫中，爬出成千上萬的螞蟻，密密麻麻地布滿在眼前的牆上。他想叫又叫不出聲，突然驚覺泰雅族的妻子魯比身穿白袍、口戴N95口罩，全副武裝站在床邊。他趕緊將這恐怖現象告訴魯比，但魯比卻大聲斥他眼花了，反而告訴他更恐怖的話——他發了高燒，被懷疑是SARS病患而遭隔離。

寶奧告訴我，他真的連續三天都看到滿牆的螞蟻。雖然醫生認為這是視幻覺現象，我卻恭喜他可能有異象能力，有資格作布農巫師。

寶奧洗腎已經三、四年，回山上部落的家都不太敢過夜，匆匆辦完事就得急著離開，因為山路不穩定，隨時都可能坍方。那天陪他洗腎到結束時，我問他有沒有考慮買腎時，他說拿甚麼去買？我再問那可能一輩子都得每星期一三五來醫院洗腎時，他回答這也沒辦法，只是很失望以後不能上山定居，得一輩子

作個可憐的都市原住民了。他想了一下自我解嘲：「那些年輕的護士還是天天來呢，她們工作的時間比我們洗腎的時間還長，又不能躺著看電視。而且，不知道哪天我就不用來了，她們卻還要一直來。」

看著左手直伸右手持電視遙控器，專心為象隊加油的寶奧，我終於瞭解為甚麼他說：「我們武界布農人是最樂天知命的人」了。

（二○○四年二月十六日台灣日報副刊「非台北觀點」專欄）

阿姨的馬告

——當老鼠屎變成萬靈丹

最近覺得有點煩，因為身邊的朋友知我熟原住民消息與議題，不約而同都問我下面幾個問題：馬告國家公園在哪裡？原住民為甚麼反對設立國家公園？又為甚麼叫做「馬告」國家公園呢？前兩個問題很複雜，因為其中牽涉政治、經濟與族群的議題，至於為甚麼叫做「馬告」，我覺得蠻有趣，試答如下。

先來說文解字：馬告國家公園公告預定的範圍內，原本居住一些本土種的野牛，數千年來與環境共處相安無事。不料近來有許多外來的野馬衝入園區與本土的野牛發生爭鬥，馬要吃草木，所以想要保留樹木（檜木），不過馬嘴甚大又胡亂咬，咬到了本地種野牛的尾巴（「告」字像不像馬的大嘴咬住牛的尾巴？），於是野牛痛得衝出原居範圍，跑到台北街上哇哇大叫。

還是回頭看看歷史吧。一九九八年春，環保聯盟首先揭發了退輔會在宜蘭棲蘭山的檜木「砍伐」及「清理」事件。該年十一月，由台灣環保聯盟、綠黨、主婦聯盟、生態保育聯盟、綠色和平組織、生態教育

中心與關懷生命協會等單位先成立了所謂「搶救棲蘭檜木聯盟」。十二月十九日更組織了「棲蘭山國家公園催生聯盟」。一九九九年十二月二十五日，聯盟發動數千人至台北踩街，宣揚成立棲蘭山國家公園的訴求。二〇〇〇年十二月三十日鍥而不捨，再度發動三千人進行「守護台灣森林大遊行」，呼籲成立「馬告檜木國家公園」。

這些人催生國家公園，顯然是希望藉由設立國家公園，以國家公園法的規定來達到保護檜木及育林的目的。然而有趣的是，四年來，原先預定國家公園的名稱從「棲蘭山國家公園」到「棲蘭檜木國家公園」、「馬告檜木國家公園」，最後成為「馬告國家公園」。其中的轉變，無非不是受到過去幾年成立國家公園時，受到原住民反對而失敗所吸取的經驗。

我們再往前十年看看其他的事件。早在一九九〇年初期，喧騰一時的「蘭嶼國家公園」本來極有可能設立成功，不料最後因當地住民（達悟族）一致反對而告暫緩。一九九八年初，一個由地方（埔里）發起的「能丹國家公園」設立運動，再度以保育、觀光為號召，在南投地區開展。他們的目標是保護南投、花蓮縣交界的能高山至丹大山領域中動、植物、生態、古道、先民史蹟等珍貴資源。雖然內政部當時也表示將考慮規畫此一國家公園的設立，然而，經過一年多

的努力，最後仍告失敗。其最大原因，也是與一九九○年的蘭嶼國家公園遭遇的問題一樣——遭到當地原住民誓死反對。而原住民反對設立國家公園的基本理由就是：國家公園法限制了居民的生存權。

於是我們發現：有一些頭腦簡單的人認為：只要成立國家公園，就可以達到環境保護、物種保育，以及其他疑難雜症（也難怪九二一地震後有人要成立甚麼勞什子「斷層國家公園」。如果是這樣，或者我們為了保護台灣島上所有珍貴資源，乾脆宣稱成立「台灣國家公園」如何？）我們也發現，現有國家公園的範圍，竟然大多設在原住民族的居住地上；我們也才發現，國家公園必須尊重範圍內居民的觀點；我們更發現：原住民是可以起來反對國家公園的。而這些過去我們所不知道他們早就發現了，於是我們看到了，這個國家公園所選用的名稱，最後是竟是大多數漢人都不懂其義的「馬告」！

阿姨原先也不懂甚麼馬告國家公園，她在電視裡看到一些原住民上街抗議反馬告的新聞後問我，我用泰雅母語跟她說是「Maqao」啦，她才說：「Maqao哦，不錯、不錯，好吃。」原來，馬告（Maqao）就是「山胡椒」，學名 Litsea cubeba（Lour.）Persoon。它就像薑蒜椒之類的調味品，我們的祖先以前用來烹調食物或者配飯吃，阿姨現在還是常常採來吃。只是沒想

到，漢人也喜歡這一味，更沒想到，除了可以吃，它
還能拿來用，化腐朽為神奇，把臭味變香味，將過去
是長官眼中國家公園內的「老鼠屎」，變成了設立國家
公園的萬靈丹。

　　小心，Maqao 很辣的！

（本文刊於二〇〇二年十月二十七日台灣日報副刊，原題名為「當
老鼠屎變成萬靈丹」。）

哈隆山上的家

　　哈隆有兩個家，一個是在立霧溪出海口「平地」部落的家，另一個是在立霧溪支流 Sakandon 溪上游一千多公尺高「山上」部落的家。平地的家有兒子、孫子、銀子和別人蓋的房子；山上的家則有鴨子、猴子、狗子和祖父蓋的房子。

　　最重要的是：山上的家更親近大自然。

　　他每週都要來回一趟平地與山上的家，星期六揹個雞鴨蔬果下山到平地的家，看看老友、抱抱孫子，星期天準備上教會做禮拜；星期一一早再揹些油米鹽茶上山，養雞養鴨、種菜拾果，跟著祖先傳下千百年來不變的勞動工作。平地山上距離約七、八公里、單程步行須四、五小時，每週上山下山，風雨無阻，數十年如一週，他記得除了有次開刀住院和幾次颱風直撲花蓮才會中斷。上山中斷最長的紀錄是六年前的安珀颱風來襲那回，安珀凶猛肆虐，中橫東段支零破碎，連人走的小路都需復建。山下的家安頓好後再修山路，半個多月後才上得了山上的家。

　　那次開刀是治骨刺，骨刺可能是因為多年長期背

負重物導致股節退化。他的祖先大約在三百多年前，從中央山脈西側往東，開拓新天地而到了立霧溪下游一帶定居，現在他還能流利誦出傳自父親的記憶，九代以來祖先的名字。祖先在這兒過了幾百年的好日子，直到日本據台。日據以前，部落族人還住在這個山上的家再下面一點的地方聚居，哈隆聽祖父說，可有幾十戶呢。七十多年前哈隆出生在山上的家，從小跟著祖父與父親打獵種田。日據前、光復後，兩個殖民政府都辦理他們部落的遷村計畫，日本的高砂移住計畫未竟全功，國民政府接著也幾乎完成。哈隆下山後住不習慣，就這樣上山下山，來回遊走兩個家。「骨刺可能就是這樣亂走走出來的吧！」哈隆這麼猜測。

哈隆是貝林的 Dama，貝林的太太是我嫂嫂的同學，反正就是原住民一家親。不過我是先認識哈隆再認識貝林的。多年前在立霧溪流域一帶登山，在一間乾淨整潔的庭院中，跟一位親切的老人問路後，就這樣成了一輩子的朋友。

哈隆很早就這樣遊走山上山下，早年像他這樣的人並不多，很寂寞，他說。但這幾年返回山上部落的族人有漸增的趨勢，算算附近像他這樣不放棄老家的族人，已有了七、八戶。哈隆認為大家會上來，一則可能是不習慣平地生活，二則是保衛部落、永續族

史，最重要的是，住在祖先居住的地方，有眞正「Alang」（家）的味道。

不過眞正增多的人是遊客，這幾年國家公園積極宣傳鼓勵，越來越多的人來這兒旅遊。山下的家旁邊有管理處，更像企業經營一般，不斷地辦活動，做宣傳。來的人多，哈隆也無所謂，因爲他賺不到遊客的錢，遊客也不會打擾他。不過他很好奇，爲甚麼來玩的人都只是溪邊玩玩水、步道走一段，一天趕幾個景點就回去了？管理處辦的也都是公車一日遊、室內劇場看電影的活動？我跟他說都市人不是山地人，他們喜歡這樣的。他覺得有點可惜，不過他說：反正有些人會亂丟垃圾，不來山上也好。

可能就是有人亂丟垃圾、污染環境，不守規定、破壞生態，所以國家公園設了許多生態保護區、管制區，限制一般人進入。有些地方甚至只有學者、專家和研究人員才能進去。稍具挑戰性的步道，也因怕出意外而阻絕連通橋路。

年輕時愛登山，早在十幾年前就跑遍這兒山區，看了不少山川美景，同時也看了不少多樣的動植物、鳥魚花蟲、地質景觀等。在山裡頭，山的巍峨、水的冷冽，日出日落、絢雲晚霞，自然的力量與美的經驗，一點一滴深植內心。生命中最美好的時刻，幾乎都是在山的懷抱中度過。這樣的經驗讓我認爲：自然

該公平地開放給所有人自由進出，不要把所有人都當成環保可能的殺手而禁止，而是將所有人當成傳播環保觀念的種籽而歡迎。認為人類心靈與感官無知者，才是真正愚昧的人。我直覺地確信，只要相處的時間夠長，所有人都會感動於自然與人的親密關係。

哈隆就是一個在山上的意外邂逅，大自然贈送的禮物。這些老人才是真正瞭解自然的人，不僅是山川河流，他們連一棵樹、一堆石都能平等對待、和平相處。從他身上，除了進一步認識大自然外，更窺見民族、歷史與文化與自然之間的密切關係。跟著他，學會以全然不同的感官與認知來面對自然，與自然共舞。他說得好：「你只有真的認識它們，你才會真正地愛它們。」

哈隆也贊同我的看法，山裡頭有那麼多的寶物，為甚麼不准人們進入呢？是擔心保護區內的生態景觀太脆弱、擔心少數人會破壞、還是認為進去的人都不會瞭解它們？

公園不但阻絕自然生態，也防圍原居於山區的原住民。哈隆說，從大禹嶺以降，中橫沿線住民一一被迫遷離山區，幾個早年建設中橫退休下來留滯山區的老榮民聚落也個別招降解散，原遍佈山區深處的部落原住民，也逐漸接受國家購買補償而離家出走，留下來的也在諸多限制法規中求生存。我很訝異哈隆能用

這樣清晰準確的國語說出心裡的話。此地國家公園可能吸收其他國家公園內原住民的抗爭經驗，選擇以長期性保持高壓控管與柔軟尊重剛柔並濟的態度納收土地。

但這也是一種區隔，再一次地將人與自然間的距離區隔。除了將泡泡水照照相的人，區隔於完全的自然外；就連在此地居住時間遠大於所有社會、國家、國家公園經驗綜合體的總和（兩個殖民政府共一百零八年、黃石國家公園建園一百三十年、太魯閣二十八年）的原住民也要區隔。將活生生的人與自然區隔開來，還有誰能說他瞭解自然呢！

我在管理處瀏覽琳瑯滿目的出版品，看著一本本印刷精美的圖文，卻絲毫感受不到它們的真與美，我會這麼感受，或許正因為我曾真實地經歷過它們吧！我靜忖一些難題：自然環境會因為人類的禁止動作而達到保護目的嗎？我們以為保護了它，但會不會失去的更多？把美麗真實的自然圍起來不讓人親近，以為將它們圖片化、文字化，就是生態保護最好的方法嗎？生態的存在是因為它的單獨存在需要而存在？還是因著既會破壞也能保護它的人類而存在？我看著窗外越來越寬闊的公路與噴得越來越堅固的山壁，我開始相信凱斯・艾爾格（Keith Alger）所說：「社會得救了，自然也就得救。」「假如我們學不會如何兩全其

美，那我們連一棵樹也救不了。」

　　最近我又去找哈隆，陪他一同回山上的家。路上他指著國家公園新設的佈告牌問我：這又寫些甚麼？我看上面是寫的是生態保護說明，並告誡人不要隨意進入甚麼的。我簡單的說：哈隆，請勿踐踏草皮。

（二〇〇三年十二月十七日台灣日報副刊「非台北觀點」專欄，原題名爲「請勿踐踏草皮」。）

當比令碰到貝林

　　那天我陪比令到霧社之東的中央山脈爬山，順便查訪附近幾個泰雅族起源地，半路碰到從秀林鄉來打獵的老友貝林，我拉他來聊聊天，他倆雖不識，但一見如故，立刻聊了起來。

　　「有獵物進你網袋嗎，貝林？」比令關心道。「還須祖靈指引，你們呢？」貝林回問。

　　「有收穫。對了，聽說最近你們正名成功了，恭喜！」比令說得酸溜溜的。

　　「哪裡哪裡，大家的努力」貝林自豪地說。

　　「說實在的，我認為以神話、歷史、宗教、語言、文化、生活習慣等族群分類的基礎來看，我們是同出一脈無疑，為什麼你們非要說你們不是泰雅人？」比令首挑戰火。

　　「比令，你說的那些分類基礎也對也不對，比如說你說的話，有一半我聽不懂，我是用猜的，而你卻要強調其中有一半是相同的。」貝林憤憤不平。

　　「不是嗎？有至少一半是相同的，表示起源相同，三百年前你們從 Truku-Truwan 出走後所演化出的差異

罷了。我們的神話、文面、語言仍是大同小異的，怎能說你們是新的一族呢。」

「沒錯，我承認系出同源，但請注意，你也承認畢竟已經有了『差異』，如今我們的語言有一半是不同的，有些字我們還得用猜的；我們神話傳說的起源地不同，你們起源於 Pinsebukan 或 Papak-waka，而我們起源於石樹共生的 Bunobon，就連你說的文面形式也不同，你們的是銳角的 V 字型，而我們是近於弧形，十字交叉內容也不同……不是嗎，已有太多的不同了。」

比令急了：「話不能這麼說，歷史文獻與田野調查都證明，泰雅族有泰雅亞族（Atayal）與賽德克亞族（Sediq），你們賽德克亞族裡再細分為托魯閣（Truku）、德奇達雅（Teke-daya）與道澤（Tauda）三群，你們『太魯閣族』只不過是三百年前從托魯閣出走的另一支群，再怎麼有差異都不能說你們不是泰雅族……」

「喂喂喂，」貝林搶話：「以前相同，現在已經大不同，你們怎麼還這麼大泰雅沙文主義，老堅持教別人承認跟你們一樣。」

我發現他們都在自說自話，堅持己見，同義反覆。

比令見溝通無望轉而述他：「坦白說，你們花蓮『泰雅人』要尋求自己新的認同我也沒意見，只不過怎

麼選個『太魯閣族』實在有點好笑，不論是你們早期所選的『德魯固』還是現在大家所通稱的『賽德克』或『托魯閣』，都比『太魯閣』好多了。」比令非常不以為然。

「一言難盡。我們都知道不論德魯固、托魯閣、賽德克或太魯閣，其實都是泰雅語『Truku』的譯音，賽德克是語言學家創造，德魯固是音最準譯文，托魯閣是泰雅族寶廖守臣的用字，」貝林委婉解釋道。「要創設一個名字當然是選擇對人最有利的。」貝林再強調「所以我們選了全世界都認識的『太魯閣族』。」

「可是台灣所有的原住民族期採用的族名，都是以該族語言中自稱為『人』的那字作為族名，連誤稱幾十年的『雅美族』都已正名為『達悟族』，你們竟還走回頭路，以地名或起源地為族名，不怕貽笑大方嗎？」比令語帶譏諷。

「你沒聽過『住民自決』嗎？你懂不懂後現代？我們要用甚麼方式、甚麼族名，都由我們自己決定和選擇。」貝林哈哈大笑：「有甚麼好笑的，好笑的是你們自己吧！這是甚麼時代了，誰還要那些學術的老規矩，誰還用日本人和漢人的那套。」貝林反擊。

「拜託，再怎麼不讀書也該看看耆老馬紹‧莫那（廖守臣）集畢生精錘之鉅作『泰雅族的文化』與『泰雅族東賽德克群的部落遷徙與分佈』兩書吧，那裡頭

可說得清清楚楚。」

「哈，族老是這麼說，但他可沒說我們不能尋求獨立！」貝林不耐。

比令與貝林漸吵漸大聲，溝通毫無交集，似乎也都忘了我的存在，他們大概也忘了我是個中央山脈以西、講話跟「太魯閣族」一樣、跟「泰雅族」類似，現在卻自稱「賽德克族」孤兒的存在。不過我卻知道他們的名字之間的同異：「比令」就是「貝林」，「泰雅族」的單字重音一般都在後段，而「太魯閣族」是在前段居多，因此，泰雅族人名的「Bi'lin」（比令）經過若干演化及重音的置放使得比令變成了「'Bi lin」（貝林）了。

我們互道珍重，我與比令往東續尋祖源地Bunobon，貝林則往西更高處獨行去了。

（二〇〇四年二月二十五日台灣日報副刊「非台北觀點」專欄）

比令說故事

開麥拉

旁白

有一個泰雅老人曾經告訴我：族人死後，會經由彩虹，到達泰雅人的天堂。但經過彩虹時，祖先會查驗，有沒有文面，如果沒有文面，就永遠不能到達泰雅人的天堂。

自己是泰雅族人，所以對這個把彩虹刻在臉上的故事，一直很感興趣。學會紀錄片的我，就去紀錄族人的故事。

——比令·亞布

從觀眾到作者

第一次看比令的紀錄片「彩虹的故事」時，心靈的震撼，難以言喻。大約四十分鐘的片長，幾乎是在「一邊大笑卻又含著淚眼」的情境中看完。就是在此深切、奇妙的感動中，深覺紀錄片所能打動人的深度，絕不亞於文字，因此看盡他所拍的紀錄片。感動無以

抒懷，唯有書寫：書寫比令，書寫比令鏡頭下原住民
的故事。

製作人：多情比令

初見比令是五年前的事了，印象深刻的是，他竟
像個孩子似的在大庭廣眾之下痛哭失聲。

一九九七年在台中科博館，由文建會主辦「中部
地區地方紀錄攝影工作者訓練計畫」紀錄片成果發表
的放映會上。參與此次發表作品的紀錄人有五人，比
令發表的是一部名為「土地哪裡去了？」的片子，紀
錄的是泰雅族麻必浩部落族人的土地，在歷經不同政
權下消失的過程。

說他哭哭啼啼絕不為過。片子放映完後，照例掌
鏡人要出來與觀眾見見面，談些拍片的動機與過程。
開朗可愛的比令一出場是笑語如珠，侃侃而談。不料
當談到族人的土地因『政府土地政策及族人不諳法律
條文』的因素而無故喪失土地的悲慘命運時，竟失控
地放聲大哭起來。你可以想像現場的尷尬與凝重。當
然，他的這段「說明會」，也就草草結束。

比令有張娃娃臉，看起來就是個大孩子的模樣，
起初以為他淚灑會場可能是因為初生之犢而怯場，後
來知道他是學校老師，應無面對眾人的怯場可能，跟
他接觸久了，始知他是個性情中人，直率而又多情。

早在一九九○年初，比令即與部落中志同道合的朋友共組「泰雅族北勢群文化協進會」、「石壁部落工作室」等組織，積極從事部落文化紮根的工作。協會草創之初，紀錄的工具從文字、錄音與相片等傳統方式，到逐漸使用攝影機。生手總是為紀錄而紀錄，談不上甚麼技巧與手法，後來經過文建會的紀錄片人才訓練後，才學會取景、運鏡、剪輯等專業攝影技巧，於是便陸續創作了幾部紀錄片。

故事一：土地哪裡去了？

　　「土地哪裡去了？」一片記述的是泰雅族麻必浩（Mapihaw）部落祖耕（居）地 Veneken、Kezi 等土地所有權喪失的故事。

分鏡一：三個九年的謊言

　　一八九五年日治時代開始，麻必浩部落的許多土地逐漸被劃成國有林地，一九三九年，國民政府甚至將祖耕地 Veneken、Kezi 也劃入國有林地，族人要使用祖耕地，還必須向林務局承租。一九六五年，台電架設電線，部落因無力繳付配合款，遂將土地暫租給商人三個九年（二十七年），如今，族人卻再也要不回來那些土地的所有權了！

　　片中，比令找了一些原住民菁英討論，尋求解決

的辦法。精通原住民議題的原住民籍楊律師表示：由於時效問題與族人不諳法律的關係，土地問題要解決不是那麼容易。作家瓦歷斯‧諾幹的見解一針見血：我們的祖先就是太相信漢人了。

　　分鏡二：心靈的枷鎖

　　我曾經好奇地詢問比令，爲甚麼選擇「土地」這個議題作爲自己的處女作。比令表示，這幾年來他不斷地接觸各族群的紀錄片發現：台灣自清代開始，原住民歷史，一直都是活生生的被侵略史，兩、三百年前的原住民所面臨的問題，至今仍不斷地重演。而「土地」就是說明的例子。而不僅是土地的問題，文化涵化、經濟解體、語言消逝、人口流失、社經位置弱化等問題，可說是越來越嚴重，而更令人無奈的是，這樣的的剝削事實，幾乎沒有人能阻擋！

　　也因此，對原住民社會文化稍有瞭解的人，其實就不難理解比令淚灑科博館的心理壓抑程度：因爲始終在不同殖民者統治下的原住民，在面對以殖民者爲維護自身利益所制訂的法律時，理所當然地被剝削的體無完膚。這樣的史實事件，比比皆是，即使在宣稱民主自由的現代，也不過五十百步之遙。

　　他曾經因爲想解決這個議題而奔走各單位，尋求正義與權力，但始終無法解決。不論在具體的成果或

心靈的挫折，都嚴重打擊比令的意志。他透露，為此，曾有一年多的時間不敢回到任何原住民的部落。「我怕，怕看到那曾經屬於我們祖先的廣大山林不再屬於我們，而我們卻無能為力；怕在山林部落中與祖靈相遇，羞愧無顏。」直到，他拍了這部紀錄片，向社會控訴，向祖靈祈禱，枷鎖才得以鬆解。

反覆觀看這部片子，每回聽到比令在查閱商人與族人所簽契約書時所說的那句「在查閱舊有的資料中，令人不解的是，從未受過漢文教育的族人，他們的簽名，竟是如此工整」口白時，心頭總像被針刺一般。我不但聽到到比令心中的吶喊與抗議，更為百年來原住民族在殖民者統治下的蒼涼處境，感到巨大的悲哀！

故事二：彩虹的故事

第一支片子發表後，得到許多的迴響。比令除了已能抓住影像強大的表現力外，更確定了族群認同的路線。此時，他觀察到泰雅族國寶級文面老人急速消失的現實，於是開始積極紀錄中部泰雅族諸部落文面老人的資料。經過三年多的主題拍攝，二〇〇〇年春，比令發表了第二部紀錄片——「彩虹的故事」。這支片子與「土地哪裡去了」，都得到了文建會地方紀錄片獎及金穗獎。

分鏡一：文面文化

文面有何意義或功能？淺井惠倫一則採錄於大豹社，關於泰雅族「祖靈橋」（Hakaw Utuh）的神話傳說故事是這麼說的：

很久很久以前，我們居住在此一世界最重要的事情，就是成為真正的男人（或真正的女人）。據說從年輕的時候，都要接受這樣的教育。如果他們具有手藝（女子紡織、男子馘首），即能成為真正的女人和真正的男人，才能度過祖靈的橋樑，具有去極樂世界的資格，與祖靈同住。

馬凌諾斯基（Malinowski）認為：原始部落的神話，其真貌不僅是神話的故事，而可能是真人真事。它的本質並非完全虛構，在過去很可能是一個真實的事物，並且對人類發生了影響。至少比令鏡頭下的老人這麼相信；比令也這麼相信著。

族群的文化特性和標誌，常常是適應生活環境所衍生出來的。傳統上，人類學者大多認為泰雅族文面所具有社會的動機及功能包括了：族群與系統識別、成年的標誌、美觀、檢驗女子貞操、避邪繁生、表彰個人的英勇與能力、通往靈界的祖靈識別等。

深諳泰雅文面文化的耆老黑帶・巴彥的觀點簡單多了。根據他的研究與分析，泰雅族文面的原始意義只有三句話：

Ya sa qu spziang Tayal balay ma

（據說那才算真正的人）

Ya sa qu spziang mlikuy（kunairil）ma

（據說那才算真正的男人（女人））

Ya sa qu spziang baitn nux ma

（據說那樣才是真正的漂亮、美麗）

黑帶認爲泰雅族人要成爲眞正的人，男的必須有獵取人頭或獵殺野獸的實際經驗；而女孩子必須學會瑣碎繁雜的紡織技藝和織布剪裁的手藝，才有接受文面的資格，接受义面後，才能成爲所謂眞正的人。

泰雅人在世所要追求的最高價值就在於「成爲眞正的人」。而成爲眞正的人的外在顯示就是「文面」，當這個眞正的人馘首（或打獵）、紡織的能力受到Gaga（泰雅祭團）肯定，就能在臉上以文面來證明他（她）的勇敢與美麗。然後，有了文面，才算成年，才能結婚，死後才能過祖靈之橋，與祖靈永聚。

然而，關於上述人類學家所歸納的文面的起源、動機、功能等學術理論，比令似乎絲毫不感興趣：他不想作殖民與理論者的傳聲筒；也不願自大的發聲；不否定也不肯定。於是，他選擇了以泰雅文面老人口述的方式，讓他們自由回憶，敘述文面的經過、歷史背景、疼痛、寄託、認同、感動等經驗認知，呈現主體性的文面眞義。

分鏡二：文面老人

片中主要的人物有三位：Yageh · Bonay（雅給·寶耐）、Mahon · Bay（瑪虹·拜）與 Yuma（尤瑪）。

瑪虹，八十七歲，是位織布的能手，由於技術極好，族人在祭典或重要場合所穿的那一套泰雅傳統服，大多來自她手。選擇瑪虹作主角之一，是因爲織布技藝正是泰雅女人一生最重要的事，如前述，女孩子必須先學會紡織技藝，才有接受文面的資格，接受文面後，才能成爲所謂眞正的人，才被允許通過彩虹橋。精於織布的女人，正是典型泰雅女子的代表性人物。

尤瑪，八十九歲，愛唱歌，尤愛泰雅傳統歌謠，喜歡用唱歌的方式表達心情與感想。與人對話也常以歌對應，個性開放大方。擅於歌唱也是泰雅人的特色。

一百零二歲的雅給則是此片的軸心人物，整部片子幾乎是以她爲主角貫穿。在比令的眼中，她也許最能反映「當代文面老人」的個性與現況：孤苦、可愛、樂觀、堅強。此外，比令也訪談多位文面老人，就她們本身的觀點與經驗陳述，作一個多元多貌、交互表徵的文面口述史。

分鏡三：泰雅幽默

首先，姑且讓我先稱之爲「泰雅幽默」吧！

有句話說，返老還童，意思是指老人年紀到了，有

時舉止像小孩一樣幼稚天真。雅給就是如此，一百多歲的老人還跟比令這樣的大孩子玩搔癢的遊戲；會學軍人踢正步、行軍禮；攝影鏡頭鉅細靡遺地追著她的一舉一動，老人總會提醒鏡頭會不會燒焦；比令只要哼起泰雅老歌謠，雅給立刻會制約地反應，跟著節拍跳了起來；吹口簧琴時像孩子般地跟比令嬉戲、胡鬧；尤瑪看到比令拍他一年前過世老公的上身裸體照時，直喊羞愧，要把照片要回去，幫她老公穿上衣服……我總想像那是種卓別林式的娛樂：無奈中的自娛。幽默的對白與突發的笑果，其實並不能掩藏那淡淡的哀愁，這也就是所謂「笑中帶淚」的效果，才會如此動人。

比令曾表示，此片他最喜歡的是與雅給一起吹口簧的那段。垂垂老者，牙齒掉光，雙唇無力，口簧琴再怎麼努力吹也吹不出聲音，結果當比令吹出清脆的琴音時，卻嚇壞曾是箇中高手的雅給。而當比令謂之：雖吹出聲，卻吹不出甚麼節奏（意義）時，雅給毫無拘謹地解讀琴音中具有愛慕的音譯，說比令想追求她。我曾觀察其他放映會場，泰雅人觀至此，必定哄堂大笑。原來，口簧琴在過去，常常是泰雅年輕人平時吹奏音樂的工具，而這往往也成了他們傳達情意的工具。雅給與年輕人之間幽默開放的態度，表現了老人樂觀、幽默、平等的生活樣貌。

對比令而言，拍攝彩虹的故事讓最大的收穫是：

感受到泰雅老人樂觀的天性。在艱苦的環境中，還能那樣甘之如飴，還能豁達地笑看人生。少數族群的我們，在面對當代黃昏的困境時，大多反應出憂慮、甚至憤世嫉俗的態度。但每當我們看到老人們豁達樂觀的態度，我們似乎都該反省，是不是失去了更佳的姿勢。

雅給說得好：「常開玩笑，這世界才會光明。」

分鏡四：民族情感

對於紀錄原住民的圖像，攝影家張詠捷曾說：「一定有某種超越紀錄或工作以外的東西存在這當中，是某種民族的精神或某種生命的召喚吧。」我相信比令必定受到某些沛然無私的民族精神或民族生命的召喚。而我們也似乎都被這股力量驅動著，一步一步，勇往直前。

她又說：「這一切似乎很難用言語來描述，只能透過影像、透過心、透過微妙的情感去認知。」這種民族情感互動地相當直接、動人，誠如雅給所說：「比令，你常常來拍我，那麼關心我，可以算是我的孫子了。以後你看電影（該紀錄片）時，可以跟別人說『這是我的 Yaki』（祖母）」、「以後我死了，屋子裡的東西你都可以拿去用，也可作為永恆的紀念」、「我死了，我的靈魂就跟在你身邊了，你走到哪，我就跟到

哪，有人欺負你，我就可以保護你。」

分鏡五：老人問題

黃春明一九八五年以後的小說，開始關懷老人的問題。他認為今天老人的問題，已經發展到值得憂慮得地步，他說：「老人的問題是目前台灣社會問題裡面，最具人文矛盾的問題……過去，再怎麼窮困的日子，他們都盡了養育子女，安養高堂的責任，哪知道輪到他們登上高堂的地位時，子女還有孫子都不在身旁。醒著的時候不是看電視，就是到廟裡閒聊。問他們現在作甚麼事情？他們會無奈地笑著說：『呷飽閒閒，來廟裡講古下棋，等死。』」有時候衝動地真想寫封信給黃先生，告訴他：能「呷飽閒閒，來廟裡講古下棋」算是很幸運的了，在許多部落裡，三餐不繼的老人到處都是，或是沒了孩子，或是孩子跑遠洋、平地做工，或是，根本就沒錢吃飯。

這樣的憂慮也反映在比令的作品中，雅給的三餐要自己弄，生活費要自己想辦法；跌倒之後腳腫大，「痛得像斷掉一般」，也無法自行處理；老友比令來了，也沒有米可以煮飯招待他。那麼老的人，一個人住，生死無依，政府卻完全不能施援手。

這也就是為甚麼，比令堅持在影片中加入一些政治的批判了。

分鏡六：政治批判

雖然整支片子間或穿插幽默趣味、辛酸憫人，但比令也不忘對政治批評兩句。愛唱歌的老人尤瑪，有天要求要去「雪霸國家公園」範圍內小時候生長的故鄉（舊部落）看看。回到舊地老家，愛唱歌的尤瑪當然唱個不停，唱出小時記憶、唱些山光水色、唱出喜悅、唱出哀怨……比令的疑問是：為甚麼以前我們要被迫離開故居？為甚麼我們的舊部落是屬於國家公園，而我們自己不能管理自己的舊部落？

這樣表達還算委婉，在他紀錄這些文面老人期間，正逢政府辦了一次「文面國寶總統府世紀之旅」的活動，片中他以罕有的口氣，不客氣地批評：「政府把文面者視為國寶，讓他們『晉見』總統，而國寶只發幾個紅包就可以了嗎？他們真的被尊重嗎？還是政治人物們，假文化之名做選舉造勢之實呢？」義正辭嚴，並特以「國語」評之，頗出人意表。

我覺得批評太直接，「說理、批評」有傷影片的藝術性。比令表示願意在藝術性上減分，仍堅持不說不快，而且批評須直接、明確。他感謝我對此片藝術性的敏感與關懷，但「指桑罵槐、象徵比喻，不是每人都懂得啊！」他有點失望說「有些事要講清楚，讓他們懂得。」

政治人物都笨嗎？我有點懷疑！或者，是比令比

較笨？

分鏡七：虛構、真實與主體性

對於文化的詮釋和理解，紀錄片前輩李道明先生說得非常清楚：「非原住民在拍攝原住民時，最主要問題在於把他們由主體的身份，透過攝影機旁觀凝視自己想像中的原住民事物的方式，而轉化成為可被消費的客體。……也就是電影或電視製作，都很難避免把自己變成創作的作者，所以其表現出來的原住民現實，絕對都是虛構的現實。」所以他進一步建議：「由非原住民與原住民共同製作，以減少『想像中的原住民事物』（Imagining Aboriginality）出現在電影、電視媒體。」以及「社會應提供足夠的經費和機會，讓他們能製作並放映有關自己族群社會與文化的電影。」

倘若這樣一支紀錄泰雅文面老人的片子是由非泰雅人執導，拍攝內容的方向與結果必定完全不一樣。跨文化（他族）拍攝的結果，裡頭可能充滿了神秘、想像與誤解，甚至可能滲入了許多連拍攝者都不自覺的主觀判斷與價值。

在語言的使用上，這支片子大部分都是以泰雅語敘述，泰雅人聽的是清清楚楚、大呼過癮，其他族群恐怕就吃力了，雖有中文字幕，但畢竟在語音上，幾乎就是「異族」言說，不易讓人接受。比令會不知道

嗎？這就是堅持主體敘述的立場，因爲他相信，失去了語言主體性，就失去了文化主體性！

他極自豪「作者與老人對話」的手法，他說：「你可以看到，我與他們聊天，完全不受到架設在旁的鏡頭影響。我可以自在地與他們交談，也讓他們自由自在，像日常生活一般地說話。」他這「自然地」與老人對話手法的另一趣味，也是我所欣賞的：比令總不知不覺中滑進畫面，彷彿本身就像是被紀錄的角色之一。

比令認爲，「生活化」，是他追求的境界。「就像是進到朋友的家裡，一對正在打架的夫妻，不會因爲看到你而停止動作」比令生動地比喻「這樣，片子才會有深度，才會看到眞相。」是的，一般人進到部落，族人歡迎你，因此，那可能是準備好了的樣子與面目。我也相信他們的動作都會因爲攝影機的啓動而改變，說法也會改變，甚至想法也都改變。

如何呈現出最眞實的一面，是文化工作者嚴肅的課題。因此，比令讓老人自己說話，忠實紀錄，呈現最高度的「原味」！

分鏡八：影像支配

有些熱心的朋友曾表達有關拍攝倫理的疑問（質疑）。不可否認地，不論是不是原住民研究（紀錄）原住民，影像工作者跟人類學者一樣，都會面臨工作倫

理的困境與質詢。族群文化影像工作者先驅雅邁・苔木曾定義「影像支配」的概念：「攝影機的操作者或其背後的主使者，強力地執行其影像主張。致使被拍攝的對象在無力抗拒的意識下（利益引誘或情感賄賂），完成符合影像工作者或團體利益的拍攝目的。」

在部落裡，我們確實也可以輕易看到，有不少打著「關懷」、「搶救」口號的攝影工作者，進行影像的拍攝。也許他們的出發點正面，但假以時日，這些累積的成品在「智慧財產權」的保護下，使用權力及受益者，永遠是屬於按下快門的那一方。原住民形象被支配的形式，在企圖詮釋異己的慾望下，于焉開展。（雅邁後來也拍不下去了，因為，他擔心自己也成了另一個粗暴「影像的支配者」。）

比令有注意到這方面的危險，他強調以主體、理性、無私的態度處理影像，能使所謂「支配」的問題降到最低，「否則，大家就原地踏步，不用繼續紀錄了。」

「重要的是，我們如何詮釋影像。」比令如是說。

分鏡九：死亡哲學

除了文面文化外，雅給也說一段饒富趣味的話，表現了泰雅人豁達的生死觀：

我很老了，可是祖先要我留下，沒有把我帶走。

我媽媽教我不要回家，我請我媽媽來接我回家，

但她不肯。

　　爲何深切地期待祖靈的迎接？對他們而言，是否死亡已不再有恐懼，而是一種甜蜜的期待，期待進入泰雅的橋後樂園？而這文化差異，正是比令所要奮力描摹的主體觀點。

　　能凸顯泰雅人對死亡必不懼怕的文化觀，應是具有主體性發言的泰雅人才能掌握的。如果是漢人拍攝，一般不願探索「死亡」的議題，因爲，對漢人而言，死亡話題是個忌諱。然而，對泰雅人而言，生死是最自然不過的事情，泰雅人不但不忌諱，反而公開拿出來談，反而樂於面對死亡、接受死亡。

　　若不能深度掌握泰雅人的文化思維，理解作爲一個眞正的泰雅男人或眞正的泰雅女人，是很難欣賞這樣豁達的生死哲學。而我，相信他們，確實滿足於現世泰雅的角色，衷心期待投入祖先的懷抱！

　　「孩子啊，人的生死不是我們能掌握的……我們的祖先已經先去開路，先回到祖靈地去了，而日後我們時候到了，我們也會回到祖靈那兒，相會。」

　　片尾結束前的一首傳統歌謠，也道盡泰雅人豁達的生死觀與信仰歸宿。如同孕育北勢群部落，淙淙西流的大安溪，不疾不徐、緩緩行去；不驚不憂、無喜無惡。一切都是那麼自然、命定。

故事三：打造新部落

九二一大地震，許多原住民部落受到幾近毀滅性打擊。比令當然不會缺席，九二一後，他開始專注觀察紀錄台中縣和平鄉三叉坑部落的重建過程。

分鏡一：美夢

在他的觀察中發現：比起其他（漢人）地區的重建過程，三叉坑的泰雅人有著許多先天不足的欠缺：知識的不足（未取得較低利率貸款）、觀念老舊（不會爭取資源）、資訊封閉（未能掌握新的重建方案）等。尤其跟前面「土地哪裡去了？」一片中所觀察到的現象一樣：族人總是太相信漢人。在鄉公所的游說下，族人始終堅信重建之夢必圓。

於是，後天上失調如與政府單位協調能力、認知差距，以及部落內部利益、權力爭奪等因素，更使重建之路迢迢。於是，隨著時光流逝，眼見許多其他地區重建工程的完成，三叉坑打造新部落的夢想幾乎還是原地踏步。諷刺的是，打造新部落真的只是一個「夢」！據比令估計，全三叉坑四十二戶中，在貧窮、失業的經濟窘困下，有能力償還貸款的家庭絕對不超過五戶！毫無償還能力的族人，竟毫無判斷能力，還沈醉在打造新部落的美夢中。

分鏡二：人性

比令並非完全站在正面的立場，紀錄他們重建的陽光過程。相反地，他反向操作，刻意凸顯原住民社會在知識與資訊嚴重缺乏下，如何與國家共同實現部落重建，這過程還有利益、權力、階級、文化、乃至人性的交互影響。紀錄族人在災後重建的過程當然是可貴的，但願意更深入地發掘人的本性，關照此一面向，實在是要有足夠的勇氣。

比令是具有反省能力的人。震後，我曾關心地問他對於地震後的啟示。他毫不保留地表示：震後對人性有很多感想，特別對人性中的「惡點」看得更清楚。他這麼說是源自他所服務的學校與紀錄的三叉坑部落的觀察。以學校為例，他覺得進來的資源其實已經夠多了，不過族人仍然停留在繼續等待資源的心態。例如有些家長就常反映，為甚麼其他孩子有拿到獎學金（外面提供的九二一獎助），而他的孩子沒有？原本已經夠脆弱的原住民社會，經過地震的打擊後，醜惡的人性更明顯了。

我明白他的意思，部落待久的人，多少都已觀察到這些因利益而貪婪、分化、爭奪的醜惡面。地震並未襲奪一貧如洗的族人，進來的資源卻成了族人間關係的破壞者，不但養成族人貪婪爭奪的習性，更會侵蝕純樸的心靈。我們做的文化工作，目的是要部落更

團結、更強壯，不過經過地震一打擊，人性罪惡的部分全跑出來，感覺過去的努力全摧毀了。

分鏡三：迢迢重建路

比令觀察，災區現在還有人停留在九二一的悲情心態，原地自限。他認為：重建的對象還是自己本身，全然在悲情的思維下，補助再多，時間再久，重建仍是遙遙無期。他期望部落在面臨重大的衝擊時，族人應當學習如何因應困境，如何分配外來資源，如何自生能源，如何自立自強走出來。

故事四：祖靈祭

分鏡一：瑪厚（Mahou）

不少族群文化研究圈裡的朋友，常開玩笑地嘲笑我們泰雅族是個「沒有祭典的族群」。所謂沒有祭典的意思，是拿來跟賽夏族（矮靈祭）、鄒族（戰祭）、布農族（打耳祭）……等其他具有常態歲時性祭典舉辦的族群比較。

如果你這樣說給比令聽到了，必定招致他的微笑邀請：「八月份有空來參加麻必浩的『瑪厚』吧！」。瑪厚（Mahou），就是泰雅族的祖靈祭。

事實上，祖靈祭活動的蒐集與觀察，反倒是他紀錄時間最長，觀察時間最久、思考時間也最深的議

題。因為對他而言，祖靈祭是泰雅人的生活重心，最能表達泰雅人的文化精神。因此，多年的紀錄，卻仍戒慎恐懼地要求完美，至今仍未完成。

幾年前，曾參加過麻必浩的祖靈祭，當時我曾質疑：單單一個祖靈祭典的恢復，能將部落提升到哪裡？比令正色回答：「瑪厚是為泰雅族文化的一個根，如果鞏固得好的話，枝與葉都會發展的好。」他認為：中心點鞏固之後，再拉長整個祭儀的長度與深度，同時將參與人員、地點等周邊的問題一併解決，那祖靈祭的精神就不只是侷限在一個月，或單單一天的文化行動了。

他詳細地解釋這個觀點：祖靈祭並不是強調祭典那一天而已，我們要把祭典的意義連結到全年的歲時祭儀，也就是把祖靈祭的活動範圍層面（時間、空間）擴大：從一月就開始籌備，如年初的播種（祭）準備，三月開始學唱傳統歌謠，同時要除草、趕鳥（祭），接著就要準備收成、收割、入穀倉（祭）。六月開始打獵，準備祭儀祭物的需求，同時製作糯米、釀酒也跟著進行。這一切都按階段做好了，才有所謂祖靈祭的舉行。原本單一的祖靈祭活動把宗教、聚會、打獵、歌謠等日常生活的相關都拉進來。

如此，藉著祖靈祭的恢復，恢復了族人的泰雅生活，也恢復了族群的認同！

分鏡二：模式

　　爲著祖靈祭議題的深化，他曾跑遍所有泰雅族曾舉辦祖靈祭的部落，採集並觀察他們所舉辦的祖靈祭，作爲其與麻必浩之祖靈祭的比較。據他的調查，現今泰雅族部落中不具觀光性質，有「固定性並以傳統形式」進行者，僅「麻必浩」與「鎮西堡」兩部落。由於部落規模傳承的差異，各有優缺點，但在二者的比較中，他歸納了幾項差異：

　　比起麻必浩，鎮西堡在服飾上較不一致，並在一位特有的領導者（牧師）的影響之下，傳統的祭儀已加入宗教的意涵；日期與時間上也不穩定，且形式是以家族爲單位進行，極可能因家族社經問題而瓦解。但他們的優點是，某些程度保有傳統的形式（如男女有別）。而麻必浩服飾傳統、一致，日期則已固定下來（爲利於外鄉工作者返鄉），並以部落整體進行，整個形式穩定、有序。但缺點就是規模大，變化小、活潑性不足。

　　比令會作這些比較是因爲，他認爲祭典儀式的存續與所採用的「模式」有關，例如以家族爲單位進行祭典，很有可能因社經能力而中斷；若由一個有領導能力的人物出來領導時，是否有利部落整體發展與前進。因此他有個小小的夢想，就是比較之後能夠謀求一些相通點，吸納彼此的優點，期待是否能求得一個模式。

　　「如果有好的模式推廣出去，是不是可以讓更多泰

雅部落瑪厚都能夠重新舉辦起來?」比令小心翼翼地
問我。

我有點心虛,沒有直接回答他的問題,只有推諉
表示:等模式出來再說吧!

分鏡三:與祖靈對話

比令曾遠至花蓮的部落觀察,他覺得這些地區的
祖靈祭「似乎走得太快」,如孩子學步一般,基礎沒有
打穩就學跑步。他的意思是:不論是以家族或部落的
規模型態都尚未發展健全,就舉辦像鄉這麼大的規
模,會顯得失序而無目的。

我也曾在花蓮地區的祖靈祭(豐年祭)活動中跟
年輕人閒聊,我問他們祖靈祭是甚麼,一般年輕人的
回答就是:唱歌、跳舞。祭儀中,即使有歷史經驗的
老人,也只是被拱出來擔任一個樣板的「傳承者」角
色罷了。

倘若,我們忘了與祖靈對話的內涵與形式,便是
一種可悲。

導演、編劇、剪輯:生活泰雅的比令

比令是「五年級生」,現住東勢,任教於和平鄉自
由國小。雖然信天主教真耶穌教會,但很少去教會。

比令原漢姓楊,一九九六年中「姓名條例修改法」

通過後，原住民得以恢復傳統姓名。當年的十月十六日，比令便正式改回其傳統姓名爲「比令・亞布」。泰雅族的名字並沒有「姓」，其名字是爲「聯名制」，所謂聯名制是自己的名字聯上父親（或母親）的名字。「比令」是其父親爲紀念比令祖父之名而命之，「亞布」則是其父之名。

　　比令像一般原住民一樣，人生最大的成就即是生了兩個可愛的孩子：葳朵與達利。葳朵是個三歲多的可愛小女生，母語說得極好；達利剛滿周歲，是個壯得像頭牛，一看就知道將來是個有著小腿肚、剽悍遊走山林的泰雅獵人。當然，葳朵和達利可是他們在戶口上登記的泰雅傳統姓名（葳朵・比令與達利・比令）。葳朵（Weto）是太陽的意思，取其名乃祈她生生不息、活力充沛；「達利」（Tali）之名則是紀念比令英勇的祖父「達利」。比令曾說：「『比令』才是我眞正的名字，孩子也應有他們眞正的名字。」比令在日常生活中都以母語與孩子交談，他認爲：語言是承載文化的工具，使用泰雅語，才會有泰雅思維。

　　他就是如此生活泰雅化的實踐者！

　　對於未來生活的期望，比令除了希望自己能繼續拍出更好的紀錄片外，他還希望部落面臨最大的危機能夠改善──經濟的問題。「土地哪裡去了」一片雖然結束，但土地流失的問題並未止歇，族人土地流失問

題的根本，仍是來自於經濟的困境；「彩虹的故事」中對政府的批判，也是來自於政府對老人福利及生活照料的經濟問題；「打造新部落」的問題更是不言而喻。直到現在，許多生活上有困難者，仍然還是在靠變賣土地過關。他計畫未來能帶族人走訪其他部落，吸取其他人的發展經驗，期能創造部落經濟發達。

此外，跟時間賽跑也是未來的難關。「時間，是我們最大的敵人」比令無奈地說。「彩虹的故事」主角之一愛唱歌的尤瑪，在兩年多的拍片期間就過世了。該片發表一年多，為了深化報導，我也曾至部落拜訪那些老人，當時幽默可愛的雅給就已過世，三、四年來採訪比令期間，文面老人也陸續凋零了幾位。時間，是他最大的敵人，也都是我們的困境。

這麼認真的生活、工作，還有何遺憾呢？有！他不正經地回答：「好像少一個孩子啦，三個很好喔，哈哈哈哈！」不過大嫂阿麗娜告訴我：如果真如他願生了三個後，比令接著一定又說，四個孩子更好啦。

影評：提昇與希望

外國的原住民紀錄片拍攝行之有年，不論在數量、品質上，都比台灣整齊。但台灣有關原住民議題的影片拍攝（或紀錄片）也不是從最近才開始的，早自一九五〇年首支以原住民為主題的電影《阿里山風

雲》面世後，越來越多人投入原住民議題拍攝。但誠如迷走所言：早期的許多影片，大抵從「想像的異己」出發，雜有歌舞演秀，尤寓有征服、啓蒙與教化之目的。從《吳鳳》、《阿里山之鶯》、《莎鴦之鐘》到《老師斯卡也達》、《西部來的人》、《兩個油漆匠》，一直無法正確理解與認識原住民，而其中最重要的問題即在於無法主體性詮釋。江冠明也不客氣地指出：在傳統的紀錄片中，早期的人類學者或拍片者他們拍原住民，是以生物學的眼光看待土著，想用一種科學的方法、中立的價值來紀錄異族群的動態及文化特質。

這幾年除了比令、寶耐等泰雅人外，不少其他族群，也漸漸走向紀錄片攝影的領域，阿美（邦查）人甚至都能像影展般集體發表，據觀察，原住民本身已逐漸試圖走出這些傳統思維及方法，成果非凡。

比令算是這一代的先鋒，他在學習紀錄片拍攝的過程中，受到台灣影像工作先驅，自詡「作總統最多只能影響人民八年，而自己拍的紀錄片卻可能影響百年」。全景影像工作室吳乙峰老師的影響最大，是吳老師讓他探知紀錄片世界的奧妙。

面對自己拍的紀錄片，比令自認缺點：拍攝的時間不夠長、剪接技術不夠好，呈現得深度可更深。他也承認吳老師曾一針見血地的批評：過於感情用事，不敢殘酷地紀錄最眞實醜陋的一面。比令承認這個盲

點，這一方面是本身的個性所致，另一方面也是基於族群「家醜不外揚」的心態，致使許多值得挖出來的畫面或實情，都會因「感情用事」而捨棄，例如「打造新部落」就是一例。所謂「魚與熊掌不可得兼」，「民族情感」與「主體性」的優勢，反而也有其盲點與致命傷。

其次，已能以主體性的角度，來拍攝的比令竟也深覺自身語言能力不足！他表示有些泰雅語言中那種「傳統」的精神與趣味，較無法深度掌握，「我們對於老人精神深處的細微處，仍是難以瞭解與掌握」比令謙虛地反省。他認為：本質性的東西非得用語言思維進去看，才看的清楚，許多人口口聲聲說文化，但連傳統服飾都會穿錯，這跟理解文化的程度相當有關。母語（語言）程度夠，才能真實理解文化的意義。「我還在努力學母語，必須一直生活在語言現場，一直使用母語。」

看過比令或其他原住民所拍攝紀錄片的人，大多會被一股龐大的悲情、憂鬱的氣氛所感染，甚至感受到社會中的少數者所面臨的無奈。我也曾以「功能」角度質疑紀錄片做為一種工具本身，所能解決紀錄內容核心議題的可能時，感到失望與無助。因此我常常質疑觀後感動與認識，並不能解決議題本身。

對比令而言，拍紀錄片可能只是解決自身內在的問題，有時辛苦紀錄幾年後，在發表後突然覺得，那

只是完成了自我、成就了自我。但，那也夠了。幸好，吳乙峰老師有較樂觀的看法：紀錄片雖然不能直接而立刻地解決問題，但是它卻可以滲透人心，改變文化。他強調：我們需要鬆綁，更需要知識，當台灣的社會能被紀錄片感動而有所提升時，也許解決問題才有希望，才有未來。

落幕

薩摩亞原住民稱史帝文生為「Tuitala」，意思就是「說故事的人」。口若懸河或生花妙筆也許將故事說得極美，但比令卻用攝影機說出更真實、更動人的故事。多年來，他用攝影機說了土地的故事、彩虹的故事、九二一重建的故事與祖靈祭的故事。我們都期待這位擅於說故事的人，鏡頭永不落幕，未來能繼續用鏡頭，說出台灣少數一個族群更多生活的故事，泰雅的故事！

Lokah Pilin ！ Lokah Atayal ！

（本文獲得二〇〇二年原住民報導文學獎第二名，原名為「說故事的人」）

* * *

人的故事更動人

「說故事的人」是一篇從已完成並可能出現在某學術

刊物上名為「彩虹故事中的泰雅意象」的論文，因為得了
藍博洲先生文學創作理念一句「人的故事更動人」的啓示
而轉化誕生的。

　　對於原住民文學，我堅持它必須高度關切原住民意識
及議題，而本文創作的動機就是鼓勵大家以任何工具來呈
現原住民，比令是用攝影機，我是用筆，你也可以考慮用
照相機、錄音機、畫筆，或是一首歌、一雙腳、一柄鋤
頭，就去作吧！

　　我永遠無法忘懷初次觀看紀錄片「彩虹的故事」時的
震撼，感謝比令記錄這麼動人的故事。感動無以舒懷，唯
有書寫。

伊勇之歌

Utuh ── 祖靈

在外來信仰進入台灣原住民部落之前，大部分的原住民傳統信仰是泛靈信仰，也就是：相信人或任何生物，都具有一種與具體形質分開的靈魂單元。對泰雅族人而言，特別是對於祖先之靈信仰的堅貞，認為祖靈無所不在，端看著在世泰雅人的一言一行。祖靈的存在，深深地規範著現世族人的生活，也深深地牽引族人對於生死的觀點。

真正的人

一九三五年（昭合十年），日籍人類學家小川尚義與淺井惠倫在台北帝國大學的人類學系，出版了一本《原語よる（實錄）台灣高砂族傳說集》。一九九七年，在圖書館的角落翻閱它，一則採錄於大豹社，名為「通往極樂世界之路」的泰雅傳說故事，吸引了我的注意。這是關於「祖靈橋」（Hakaw Utuh）的神話傳說故事：

很久很久以前，我們居住在此一世界最重要的事

情，即為成為真正的男人（或真正的女人），據說從年輕的時候，都要接受這樣的教育。

如果他們具有手藝（女子紡織、男子馘首），即能成為真正的女人和真正的男人，才能度過祖靈的橋樑，具有前往極樂世界的資格，與祖靈同住⋯⋯

真正的男人？真正的女人？度過祖靈的橋樑？與祖靈同住？老人家早就說過了祖先的話語，只是，我們曾經瞭解嗎？

Yugei · Haiyung 的盼望
——希望祖靈能趕快接我走

一九九八年十月，又在《泰雅族文面圖譜》看到了一段話，這是由宜蘭縣南澳鄉南澳村著名的巫師 Yugei · Haiyung（陳彩嬌）所口述。Yugei · Haiyung，一八九八年生，泰雅族南澳鄉人，屬賽德克亞族道澤群。據說她的實際年齡還要更老，恐怕也是真正少數還保有泰雅族傳統巫師角色的國寶了。

實際上我的年紀，我自己也不知道。
我已經太老了，和我同輩的親人朋友都走了，
只留下我一個人，我很想念以前的親人，
希望祖靈能趕快接我走。

文面是要經過痛苦的過程，經過可能生病、發炎的冒險。但文面卻是泰雅族人光榮的紀錄，它也是泰

雅人追求的最高人生價值。透過文面來肯定自己是真正的人。因為在祖靈橋的旁邊有一隻大螃蟹站崗，凡是要過橋的人都要接受它的審驗：男人的臉必須要有文面，因為文面代表他是一個勇士，曾經獵過人頭；而女子也必須有文面，因為文面代表了她是一個勤於織布技藝真正的女人。

在這本詳細記載泰雅族文面老人圖像及生命史的書中，除了記錄文面老人文面形式外，在每頁照片的下方，都留有部分空間，給這些文面的老人扼要地敘述其文面史。我發現，總有人沒頭沒腦的冒出一段與生命史無關的話，常讓人不明所以。

但是，當我讀到這段話時，心中一震，有股莫名的感動。因為真的有人想要與祖靈同住，希望祖靈趕快接她走。

Yavu‧Bawan 的神話故事——重回祖源地

一九九九年一月，住在瑞岩部落的姨丈 Yavu‧Bawan 發現他的胃長了腫瘤，急急入院開刀，手術後將四分之三的胃割除，醫師並宣佈，樂觀地看，他只剩六個月的生命。

姨丈認為自己身體仍強健，沒那麼糟糕，因為有祖靈保佑。他總愛說泰雅族始祖起源傳說的故事：

我們泰雅人的祖先，據說是從破石（Pinsebukan）

而來的。有天那個大石頭突然一分為二，從其中走出二男一女，他們一看，四周都是森林和獸類，因此，其中一個男生說我不喜歡地上的生活，故又走回裂石裡。其餘二人想阻止他回去，但都沒有成功。後來那一男一女就一起思考，該如何才能生下小孩這個問題。他們起初試了許多方法，都沒有成功。最後在蒼蠅的指點下，體會出生產之道，於是生出許多子孫，成為泰雅人的祖先。

Pinsebukan巨岩，是泰雅族始祖的發源地，許多人認為，也是祖靈的所在地。

感謝祖靈，讓他多活了十個月，讓他有足夠的時間陪伴家人與預備後事，他曾說：「以前我們泰雅人常在Pinsebukan唱歌跳舞，邀請祖靈與我們一同歡樂，你放心，我走了以後，也將會回到Pinsebukan與祖靈同住。」二○○○年八月，姨丈回到了祖靈的懷抱。

祖靈會傾聽泰雅的聲音嗎？會應允他們的祈求嗎？泰雅會感受祖靈的召喚嗎？

Yageh · Bonay ── 我請媽媽來接我回家

一九九九年九月，看了一部感動的電影，那是比令拍的紀錄片「彩虹的故事」。片頭一開始文面老人Yageh · Bonay便說：

我老了，可是祖先要我留下，沒有把我帶走。

我媽媽叫我不要回家，

我請我媽媽來接我回家，但她不肯。

「彩虹的故事」是一部由泰雅族人自己記錄文面文化的故事。片中主要的人物有三位：Yageh · Bonay（雅給·寶耐）、Mahon · Bay（瑪虹·拜）與 Yuma（尤瑪），該紀錄片發表時（一九九九），Yagaeh · Bonay 已是一百零二歲的老人。

一百零二歲的 Yageh 是此片的軸心人物，整部片子幾乎是以她為主角貫穿。在比令的眼中，她也許最能反映當代文面老人的個性與現況：孤苦、可愛、樂觀、堅強。對 Yageh 而言，死亡已不再有恐懼，而是一種甜蜜的期待。

孩子啊，人的生死不是我們能掌握的……

我們的祖先已經先去開路，先回到祖靈地去了

日後時候到了，我們也會回到祖靈那兒，相會。

片尾結束前的一首傳統歌謠，也道盡泰雅人豁達的生死觀與信仰歸宿。如同孕育北勢群部落，淙淙西流的大安溪：不疾不徐、緩緩行去；不驚不憂、無喜無惡。一切都是那麼自然、命定。

Ijon · Luma 的歌──我已經活得很久了

一九九九年十月某日午後，南投縣仁愛鄉的親愛部落 Bakan · Nawei 的家中傳出陣陣爆笑聲。

Bakan 是我在山上的好朋友,也是我的翻譯人。某次閒話家常中她問我有沒有好聽的山地歌錄音帶借他聽。那天我挑了卷錄有他們萬大群的錄音帶找她,她將它放進錄音機中,按下 Play,喇叭傳出泰雅族的歌聲。幾位 Yaki(祖母級的老人)樂得圍個圈圈跳起舞來,大家又哼又跳,好不快活。不過他們聽不懂其中的歌意,因為剛開始的歌唱,都是泰雅族其他亞群的語言。

終於有首歌引起他們的注意,那是一位男性老人的低吟獨唱,像是口白式的簡單歌謠,一段吟唱、一段自白。一時大家都停止舞蹈,坐定下來,仔細傾聽。原來這是萬大群的歌謠,他們聽得懂。

安靜沒片刻,突然哄堂大笑出聲,老人們個個笑得東倒西歪,好不狼狽。唱者每唱一句,老人便狂笑一次,有的人笑出了眼淚,不能自止。我只有忍住這文化隔閡的窘境,等他們笑完。曲畢,我急急問 Bakan,歌聲的內容到底在說些甚麼,她終於有點不好意思的結束她的狂笑,在重放一遍的歌聲中,跟我解釋歌詞的內容:

我是 Ijon‧Luma

我已經活得很久了

我住在這個世界上真的很久了

唉呀,我可能已經一百歲了

我活得太久了

（旁邊的 Yaki 再度哈哈大笑）

我的年齡有一百歲了

我在等祖先帶我走

他們怎麼還不帶我走呢？

我將來去地下

一定要罵我的祖先

為甚麼那麼久都不帶我走

（笑聲震耳）

我一定要罵祂們

我已經活得很久了

我是 Ijon · Luma

我活在這個世上已經太久了

希望我的祖先能趕快帶我走

（笑聲震耳）

　　Bakan 每解釋一句，總引來老人轟笑一陣，直到全曲譯畢。但我卻一點也笑不出來，跨文化的隔閡，讓我無法立刻適應他們的幽默與達觀。

　　但心中卻再度湧上一股莫名的感動：又是期待祖靈的迎接。

　　這張是台灣風潮有聲出版的有聲出版，台灣原住

民音樂紀實五──泰雅族之歌，惹得 Yaki 們哈哈大笑的是其中第二十六首，歌名爲「uyas sindalamat ／怨歌」。唱者是 Ijon · Luma，漢名林永福，泰雅族萬大群親愛部落人。一九九三年 Ijon 在唱這首歌時是九十九歲，族人都認爲他的實際年齡要更老，也是聽說他在第一次辦身份證時，已經無法確知其眞正出生的年代，他的實際年齡至少還要大個十歲。Ijon · Luma 於一九九七年以一百零四歲高齡去世。他的家人回憶說，Yudas（祖父）過世前身體仍然健朗，生活悠然快樂，過世時，安詳恬適。

身體健朗爲甚麼還會嫌活得太久了？爲何深切地期待祖靈的迎接？除了死亡的達觀，我還看到了幽默。

死亡──甜蜜的期待

面臨部落社會結構的急遽轉變，老人們是否對於過去歡樂時光殷殷的眷戀？橋後祖靈的世界，是否才是一個眞正的泰雅世界？對於橋後祖靈國度的嚮往，是否是對一個新世界的抗衡？坦白說，我不知道。但是作爲一個眞正的泰雅男人或眞正的泰雅女人，我相信他們衷心期待投入祖先的懷抱，進入泰雅的橋後樂園。對他們而言，死亡已不再有恐懼，而是一種甜蜜的期待。

多年來不斷地進出部落，訪談、調查、觀察、思索，我漸漸相信他們是如此面對死亡，那種真誠、深切而又歡愉地期待。透過認真思考這些人生命中的一段話、一首歌、一場病、一篇神話、一部電影，讓我體會到泰雅人對死亡的達觀與生命的幽默，也讓我確信，泰雅祖靈長存無形的力量，仍深深影響著現世的泰雅人的生命觀。

（原文刊於二○○四年二月十一日台灣日報副刊「非台北觀點」專欄，本文略經擴充與修潤。）

震後兩帖

一、吉娃斯的早餐店

終於可以輕鬆地去吉娃斯阿姨那兒吃早餐了，因為此次不必再訪問，而是將過去的訪問所發表文章影印帶給她。

原為隔壁小學義工媽媽隊長的吉娃斯，震後，學校全倒，自己房子半倒，但仍在半倒的房子繼續經營早餐店。三年來，每天義助失親孩童的早餐；午後則進校園協助重建；假日還隨家長會到處募款，九二一三週年前，學校終於落成啟用。

不知是震後心靈的創傷、學校重建的滄桑，還是早餐店生意的蕭條，吉娃斯淡淡地看完我的災區重建小人物報導後，不見喜色的只說聲謝謝。

餐畢告別後上車，從後照鏡瞥見一直不支持吉娃斯參與學校重建工作的先生，將那篇文章拋進垃圾箱，當著她的面。

二、達芭斯的藥丸

這兩年達芭斯就常搭我便車來台中，而且每次都

在轉角的麥當勞下車。據我所知她台中並無親人，來這兒做什麼一無所知，基於隱私也不便多問。上回時間充裕，跟她說可以直接送到目的地，卻仍遭婉拒，這不禁更加提高了我的好奇心。

這次送她回來後卻意外在相隔兩條街的醫院內碰上她，不過她沒看到我，按耐不住好奇心的驅使跟蹤了幾步，赫然發現她走進精神科的診療室。

回山上乾脆我就直接問莎鶯，她說媽媽地震後膽子變小，大餘震小餘震只要稍有震動都嚇得哇哇叫。兩年多來每隔段時間就要上精神科看門診，而且最重要的是，身上總離不開一包藥丸了。

（二○○三年五月十九日台灣日報副刊「非台北觀點」專欄）

司機作家黑帶

　　黑帶（Heitay · Payan）一九四九年出生於新竹縣五峰鄉清泉部落。清泉部落不僅僅以清澈泉水與暖暖溫泉著名，他出生的那年國民政府遷台，一位被國民政府長時間軟禁的在此的張學良先生，除了山明水秀，更增加了這個部落的多元歷史與神秘性。

　　部落裡生活艱苦，為了討生活，黑帶自十八歲起便隨父親前往南部，先在高雄一帶工作，然後輾轉來到也是原住民的部落三民鄉與布農族人生活。在這兒，啟蒙了過去十八年來都未曾思考的族群文化思維。他在這兒看到了布農族嚴謹團結的生活態度，他也感受到布農族人關懷本身族群文化的積極作為。此外，黑帶父親本想在此地購地定居，但族中長老謹慎討論。於是他開始關懷自己、關懷泰雅人、關懷做為泰雅族人的應有使命。

　　退伍後，二十七歲回到新竹，他先做的第一件事是重建族譜──認識自己。他逐一記錄與訪問族譜中的家族成員，並進而認識部落裡的成員，最後他將部落的來源、遷徙史調查得清清楚楚。他已警覺到族群文

化所面臨傳承的危機，所以逐漸投入訪問、記錄與書寫的工作。

即使如此，經濟的重擔仍迫使他必須將生活的重心放在謀生的工作上。就如尋常部落長大的小孩一般，黑帶並未受到太多的教育，他只得從事勞力的工作。他開十多年的車，他開過計程車，開過小貨車，他在黑松、大榮、新竹等大公司開過貨運車。他也在山上打過零工、媒坑挖過煤礦。他開過公車載人，開過貨車載雞載豬。也難怪今日他被稱爲「司機作家」。

雖然開了十多年的車，但他卻無一日忘記提振傳承泰雅文化的使命。四十五歲那年，他首次發表了「深奧的語言——蓋日覓弘」，得到山海文化雜誌社孫大川老師極大的鼓勵。這一篇僅僅數千字的短文卻花了他好幾年的功夫，原來，在此之前，黑帶將他語意不清與表達不明的漢字文章送到打字行出版時，卻意外得到一位啓蒙他學習漢字與寫作的老闆楊師昇先生鼓勵，這才開始他的漢文寫作之路。

次年，他發表了「泰雅族的遷徙型態」，他並被選爲泰雅族「Ptasan 族群工作讀書會」的監事。隔年，他受邀到中研院成爲「第一屆原住民訪問研究者」，並發表了「祖先的腳蹤」。去年，他甚至在新竹縣立文化中心出版了「泰雅人的生活形態探源——一個泰雅人的現身說法」一書。這幾年內他陸續發表了幾篇重要的文

章，是其創作的高峰期。

　　泰雅文化探索與文章寫作並未減輕他經濟的擔子（在台灣，大部分的作家的寫作只會增加如時間、工具等工作成本，而不會因寫作收入而改善經濟，特別是寫作冷門的族群文化議題），經濟的壓力緊箍著這位孜孜不飪寫作的長者，他的寫作並在蠟燭兩頭燒的情形下繼續進行著。幾年前超時工作而不慎發生的車禍案件更打擊他的工作，這兩年的失業已使他失去經濟收入，雖然三個孩子都已長大成人，但生活的家計僅靠妻子上班的薪資與零工收入來維持。

　　黑帶卻未因此而停筆！近日他仍積極訪問與記錄，並進行一個泰雅族建築繪圖與文稿的書寫工作。今天，要想在原住民文化工作有所貢獻者，除了從政治面是不二途徑外，利用筆桿也是效力甚大的工具，特別是文字凝鍊的滲透力與無遠弗屆的長遠性。我們只有不斷地記錄、不斷地書寫、不斷地影響。

　　黑帶深知族群文化未來面臨消失的危機，今日他最憂心的是傳承問題。若有年輕人願意出來學習這些傳統知識、語言與文化，他說：「我必傾囊相授。」原住民文化今日雖活生生的存在，但面對現代化甚至全球化的衝擊下，明日確有消亡的危機。有人辛苦開卡車維生，但仍汲汲吸取祖先的知識；有人在負擔家計之餘仍孜孜書寫族群文化；有人願意要傾囊相授，

原住民的孩子們哪，你們是否準備好要接受了呢？

（二○○四年五月四日台灣日報副刊「非台北觀點」專欄）

賀伯日記

八十三年七月十一日

強颱提姆來襲，七死十八傷四十四人失蹤……

八十三年八月十日

道格來襲，仁愛鄉＿十五個部落面臨斷糧……

八十三年八月二十日

強烈颱風弗雷特今侵襲全台……

八十四年八月二十九日

強颱肯特逐漸發威，謹記去年教訓，山區須防豪
雨……

＊　＊　＊

八十五年六月二十三日

輕颱麗莎今天影響澎湖、金馬……

八十五年七月二十八日

葛樂理離台，強颱賀伯撲來……

八十五年七月三十日

強颱賀伯逼近，威力驚人，暴風半徑三百五十公
里，瞬間最大陣風時速逾二百三十公里，預計今天深
夜至明天清晨間襲擊台灣……

八十五年七月三十一日

（報紙今日停刊）

八十五年八月一日

賀伯狂風暴雨，各地災情頻傳……已知三死三失
蹤，百餘人輕重傷……除了花東，其他縣市今不上班
……

八十五年八月二日

賀伯重創中、北部，至少二十一人死亡，三十八
人失蹤，數百人受傷，電力電信受損，農漁牧損失初
估逾八十一億元，堪稱三十年來最嚴重的水災……水
里鄉民宅遭水沖走，鹿谷、信義兩鄉經見山崩，洪水
土石迅即掩來……南投縣愁雲慘霧，至少十人枉斷魂
……活埋，嘉縣、南縣各傳慘案……梅山鄉一死一失

蹤，**霧台鄉四人逃避不及**……新中橫復建約需八億元，最快一個月後才能全線通車……信義山區還有不明地帶……八十公尺長橋一夜不知去向（善天橋）……南投多處山崩，已知九人死亡，其中六人遭活埋，二十七人失蹤……全台每三戶就有一戶停電，總數近兩百萬戶，創歷年新高……賀伯巨災，二十二死四十失蹤，損失百億……賀伯劫後應當痛下保護水土的決心……

八十五年八月三日

苗栗鹿場山區濛雨不斷，運糧延至今日，軍警空中運補搶救災民……人瑞病逝……南投為甚麼最慘……信義鄉災區傳還有三十於戶人家被沖走……新中橫坍成石頭河……全台死亡三十九人失蹤三十四人……官員，不要互踢皮球……

八十五年八月四日

「我來自南投神木村，那裡是人間地獄」……豐丘村地四鄰深陷土石，村民又餓又渴，見糧就搶……颱風早已遠颺，災情仍如迷團……香腸族傳來呼救聲「神木村有人快餓死了」……山坡地保留疑有疏失，縣府則說執行績效全省前三名……連戰宣布，十六縣市為災區，將追究行政責任……

八十五年八月五日

孤城中的孤城，災民撿拾泡水米粒……檢察官沒有驗屍，凍屍體沒有冰塊，腐臭四散……千億防洪工程不堪一擊……同富村有五十棟以上房屋為土石掩埋……樂野村已經連續四天沒水沒電沒糧食了……賀伯效應，花果蔬菜飆漲……

八十五年八月六日

郵差來了，巫坤煜搭直昇機送信，捎來消息：「這是你兒女的成績單，趕快去登記」……災區公共工程，檢方針對官員貪瀆嚴查弊端，重點在竊佔國土、濫墾山坡地、偷工減料等項目……

八十五年八月七日

「天災源於人禍」，環保團體批李、連，立委籲李、連率先停打高爾夫球……積水區響起腸胃疫情警報，衛生署預估下星期將有大量傳染病發生……，山坡地超限使用，南投縣最嚴重……阿里山居民拿出千元大鈔：「有錢也買不到東西」……捐款賑災各界紛伸援手……

八十五年八月八日

林主委稱取締違法開發山區及造林非農委會之責

……風災死亡人數增至二十七人，另有十七人仍列失蹤……

八十五年八月九日
農委會勘驗風災受害區，進行遷村成效監測系統評估……

八十五年八月十日
勿讓國土開發，摧殘台灣維生系統……

八十五年八月十一日
賀伯颱風救災行動檢討系列之一：山河一夕變色，防災救災不堪一擊……

八十五年八月十二日
颱風有眼睛，正瞪著眼警告過度開發……

八十五年八月十三日
山坡地全面凍結，建商認為張隆盛「因噎廢食」…

八十五年八月十四日
（惦念信義的親友，還是冒險前往探視，沿途怵目

驚心：在郡坑看到三、四米直徑大的石頭塞進路旁的民宅內，人們進出家門搶救財物得爬上爬下；豐丘土石流的土石把地表墊高，伸手即可摘到檳榔葉；神木的聯外大橋完全消失；回程載了一個剛逃出家園的茶農，直說：『人間地獄』……）

八十五年八月十五日

霧台鄉今年的豐年祭從簡，並悼念好茶罹難的族人……

八十五年八月二十八日

十億元捐款下月十五日撥下來，災民望穿秋水，官員仍在角力……

八十五年九月七日

樹木找不到泥土，泥土找不到岩石
找不到家的人類，卻放聲哭了起來
（瓦歷斯・諾幹詩）

＊ ＊ ＊

八十六年八月六日、八月二十七日

溫妮來襲……安珀來襲……

八十七年十月二十五日

芭比絲來襲……

八十八年六月四日

瑪姬來襲……

八十九年八月二十一日、八月二十七日、十月
三十一日

碧利絲來襲……巴比崙來襲……象神來襲……

九十年七月二十八日、九月六日、九月二十三
日

桃芝來襲……納莉來襲……利奇馬來襲……

九十一年七月九日

納克莉來襲……

九十二年

莫拉克來襲……梵高來襲……科羅旺來襲……米
勒來襲……

九十三年

敏督利來襲……艾莉來襲……

九十四年

來襲……

來襲……

來襲……

後記

　　一個三、四十歲在台灣成長的人，你至少經歷二、三十個颱風，但你記得那個颱風？也許你會想到似曾相似的名字和景象，但那可能只是零碎拼湊的記憶，因為你未曾親身經歷（或者你容易遺忘）。

　　我無法忘記賀伯！那個創造「土石流」名詞的風神。賀伯肆虐後從信義回到台中，那時我完全無法書寫，因我仍震懾於大自然的力量。我只能說，你必須親身經歷才能體會，就像你必須在災區親身經歷九二一地震那晚的搖撼、喧叫和孤獨，你才能體會：自然的力量。

　　近年來，文中的這些颱風也在原住民生活的家園造成極大的傷害，有些純然是無可抗拒、無法預防的天災，但不少根本的原因還在於人民超限或不當利用土地。原住民忽略傳統與自然和平相處的態度已然教人驚恐；面對現代化經濟壓力的無知，而又令人同情的土地開發舉措，更教我們無法強烈的批判或提醒。

　　就讓賀伯（自然力量）來提醒我們吧！

（二〇〇四年七月十六日台灣日報副刊）

Mama 的葬禮

——紀念 Lauwa 與 Yavu

二〇〇〇年，我的一篇「Mama 生病了」在「第一屆中華汽車原住民文學獎」中的散文類，僥倖得了一個佳作獎。「Mama 生病了」的內容記的是我姨丈 Yavu · Bawan 生病時的生活瑣事。誠如評審委員所說，我在這些生活細節中：「從沒有事情的地方找出細節」、「沒有誇張的情節，記錄日常生活細瑣的感動」。當然，最重要的是，但我也觀察到一些文化差異及價值差異，這些觀察與省思給我很多感動與收穫。文章內容的主角是姨丈，促我學習泰雅文化的也是他，因此得獎的榮耀自然是屬於我倆的，但我們卻來不及一起分享這些喜悅與成就。因為就在得獎知曉兩天前（八月十五日晚），他在埔里基督教醫院過世了。

姨丈在一九九九年一月因胃腫瘤進榮總開刀。手術後，醫生的悲觀地預料大約姨丈只有六個月，但是姨丈堅忍、勇敢、開朗，奇蹟式地超過一年。雖然不敵病魔，離開人世，但我仍清晰記得，他過世前一個月我去埔基去看他時，他還是用驕傲鏗鏘地語氣說：「Pinsebukan，真正 Daiyan 的故鄉，千萬不要忘記。」

我知道他的意思是說：Pinsebukan 也是你的故鄉，千萬不要忘記你是值得驕傲的泰雅人。

八月二十日，回 Masitoban（瑞岩）部落參加姨丈的追思禮拜，在莊嚴肅穆的基督禮拜中，送姨丈回到祖靈的懷抱。八月二十日，也是我新生女兒滿月的日子，送走了姨丈回到台中，我又忙著分送滿月蛋糕給親朋好友，準備接受另一個新生。我的母親早逝，山上的長輩就屬阿姨、姨丈、舅舅等人最親了。我的泰雅名 Yukan 也是阿姨代母命名，阿姨還說，孩子這麼漂亮，像她 Yaki 一般美麗，就叫 Lauwa 好了。當天我便將我的女兒取泰雅名 Lauwa，因 Lauwa 是我母親的名字（Lauwa · Norkan）。

在這個特別的日子裡，我悲傷地送別了親愛的姨丈，我也欣愉迎接女兒的誕生。這天，在死與生的交替與經驗中，彷彿也看到我泰雅文化的傳承。

僅以 Lauwa 與 Yavu 兩位泰雅族人，紀念我一生中值得回憶的故事。

二〇〇〇年八月二十日晚

Yaya的織布機

　　人死後將在彩虹橋前接受祖先的審驗，如果手掌心是紅色的才可過橋，進入樂園與祖靈同在。男人須砍過人頭，手心才會因血而紅；女人須精於織藝，手心則因常執布匹染料而紅。

　　這是母親曾說的故事。

　　民國五十二年，母親嫁到台中，唯一帶在身邊的東西，就是泰雅傳統織布機。至今仍清晰記得，幾乎每個夜晚，她都陪著一輩子不離身的織布機分享生命。咚、咚、咚、咚，打緯木刀須將緯線與經線之交接打實，布匹才會結實美麗；咚、咚、咚、咚，未曾忘懷身為泰雅女性，必須編織自己的榮耀衣裳。咚、咚、咚、咚，也成了我童年的泰雅文化洗禮。

　　母親走後十年，我在紀念她的新書寫著：「每當午夜夢回，Yaya織布的身影總縈繞在腦海，咚、咚、咚……」、「咚、咚，喚醒我沈睡的心，循著先人的足跡，走遍泰雅部落，一步一步往根尋去……」

　　如今我成了泰雅，並深信，她已在彩虹橋的那端。

台灣原住民系列 56

我在部落的族人們

作者	啓明・拉瓦
文字編輯	沈曼菱
美術編輯	李靜佩

發行人	陳銘民
發行所	晨星出版有限公司
	台中市 407 工業區 30 路 1 號
	TEL:(04)23595820　FAX:(04)23597123
	E-mail:service@morningstar.com.tw
	http://www.morningstar.com.tw
	行政院新聞局局版台業字第 2500 號
法律顧問	甘龍強律師
印製	知文企業（股）公司　TEL:(04)23581803
初版	西元 2005 年 06 月 15 日

總經銷	知己圖書股份有限公司
	郵政劃撥：15060393
	〈台北公司〉台北市 106 羅斯福路二段 79 號 4F 之 9
	TEL:(02)23672044　FAX:(02)23635741
	〈台中公司〉台中市 407 工業區 30 路 1 號
	TEL:(04)23595819　FAX:(04)23597123

國家圖書館出版品預行編目資料

我在部落的族人們／啓明‧拉瓦著.－－初版.－－
臺中市：晨星發行；2005〔民94〕
面；　公分.－－（台灣原住民系列；56）

ISBN 957-455-847-9（平裝）

857.85　　　　　　　　　　　94006258

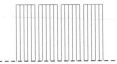
更方便的購書方式：

(1) **信用卡訂閱**　填妥「信用卡訂購單」，傳眞至本公司。
　　　　　　或　填妥「信用卡訂購單」，郵寄至本公司。

(2) **郵政劃撥**　帳戶：知己圖書股份有限公司　帳號：15060393
　　　　　　在通信欄中塡明叢書編號、書名、定價及總金額
　　　　　　即可。

(3) **通　　信**　填妥訂購人資料，連同支票寄回。

◉ 如需更詳細的書目，可來電或來函索取。
◉ 購買單本以上 9 折優待，5 本以上 85 折優待，10 本以上 8 折優待。
◉ 訂購 3 本以下如需掛號請另付掛號費 30 元。
◉ 服務專線：(04)23595819-231　FAX：(04)23597123
　E-mail:itmt@morningstar.com.tw

◆讀者回函卡◆